MÉMOIRES ET SOUVENIRS
publiés sous la Direction de
F. FUNCK-BRENTANO

SOUVENIRS

DE

MME VIGÉE-LE BRUN

PUBLIÉS PAR

M. PIERRE DE NOLHAC

CONSERVATEUR DU MUSÉE DE VERSAILLES

PARIS
ARTHÈME FAYARD ÉDITEUR

2f 25 NET

ÉDITION ILLUSTRÉE

MÉMOIRES ET SOUVENIRS
PUBLIÉS SOUS LA DIRECTION DE
F. FUNCK-BRENTANO

SOUVENIRS

DE

Mme LOUISE-ÉLISABETH

VIGÉE-LE BRUN

NOTES ET PORTRAITS

1755-1789

Publiés avec une introduction de

M. PIERRE DE NOLHAC

CONSERVATEUR DU MUSÉE DE VERSAILLES

PARIS
ARTHÈME FAYARD, ÉDITEUR
18-20, RUE DU SAINT-GOTHARD, 18-20

SOUVENIRS

DE

Mme LOUISE-ÉLISABETH

VIGÉE-LE BRUN

NOTES ET PORTRAITS

1755-1789

MADAME VIGÉE-LE BRUN DANS SON ATELIER

Gravure anonyme du XVIIIe siècle.

MÉMOIRES ET SOUVENIRS

PUBLIÉS SOUS LA DIRECTION DE

F. FUNCK-BRENTANO

SOUVENIRS

DE

Mme LOUISE-ÉLISABETH VIGÉE-LE BRUN

NOTES ET PORTRAITS

1755-1789

Publiés avec une Introduction de

M. PIERRE DE NOLHAC

CONSERVATEUR DU MUSÉE DE VERSAILLES

PARIS

ARTHÈME FAYARD, ÉDITEUR

18 ET 20, RUE DU SAINT-GOTHARD

JEUNE ARTISTE

Dessin anonyme du XVIIIe siècle (Musée du Louvre)

INTRODUCTION

La vie d'une femme artiste est, d'ordinaire, peu chargée d'événements, et il ne s'y trouve guère à noter que les succès qui l'ont signalée au public. Celle de Mme Vigée-Le Brun doit la variété de ses incidents au temps agité où elle a vécu, qui jeta de l'imprévu dans presque toutes les carrières contemporaines. On n'assiste pas à la destruction violente du régime où l'on a été élevé et à la naissance d'un ordre nouveau, sans subir, dans sa propre existence, des contre-coups singuliers. Ils n'ont pas manqué dans la vie du portraitiste préféré de Marie-Antoinette, qui dut à la Révolution de devenir le peintre à la mode dans toute l'aristocratie de l'Europe, après avoir raconté, d'un pinceau délicat et savant, les grâces incomparables de la société française à son déclin.

Louise-Elisabeth Vigée naquit à Paris, rue Coq-Héron, le 16 avril 1755, l'année même où naissait à Vienne l'archiduchesse Marie-Antoinette. Son père était un pastelliste assez habile, qui exposait depuis 1751 aux salons de l'Académie de Saint-Luc, et qui mit de bonne heure le crayon aux mains de sa fille. Tout enfant, au couvent où elle resta jusqu'à sa première communion, elle couvrait de griffonages précoces ses livres et ses cahiers d'étude. Le père Vigée étant mort quand elle avait treize ans, ce fut un ami de la famille, le peintre d'histoire Doyen, qui continua à la guider. La peinture devait être pour elle un gagne-pain et elle se livra au travail avec une ardeur extrême. Elle suivit des cours d'après l'antique, dans l'atelier de Briard, reçut les conseils de Joseph Vernet, copia les maîtres flamands et hollandais et commença à se faire connaître par quelques portraits de sérieuse facture, où l'on sentait agréablement l'imitation de Greuze, et qui lui amenèrent une première clientèle.

Sa jolie tournure et sa bonne grâce lui valaient en même temps quelques succès mondains qui profitaient à sa carrière d'artiste. Elle était invitée de tous côtés, dans la bourgeoisie cultivée de la capitale, chez le bon sculpteur Le Moine et chez Mme de Verdun, femme du fermier-général, qui resta plus tard la meilleure de ses amies; d'autres salons bientôt allaient lui apprendre l'usage des grandes manières et lui faire écouter les causeurs les plus brillants. Ces commencements de son existence, ses impressions de jeune fille, ses premiers enchantements, mêlés de quelques inévitables déceptions, sont contés avec charme dans ses *Souvenirs;* on y trouve aussi de nombreux détails sur les plaisirs de Paris, et les éléments d'un tableau de la vie moyenne à cette époque encore paisible, où rien ne fait prévoir les orages si prochains.

Les véritables débuts de l'artiste devant le public datent d'une exposition de l'Académie de Saint-Luc, au mois d'août 1774. Les portraits d'Elisabeth Vigée y furent remarqués, en même temps que ceux de Mlle Adélaïde Labille, bientôt Mme Guiard, dont la carrière, parallèle à celle de notre peintre, allait lui procurer l'ennui de trouver sans cesse à ses côtés une rivalité féminine et des succès à peu près égaux dans le même genre de travail. Mme Guiard, qui deviendra le peintre de Mesdames de France quand Mme Le Brun sera celui de la reine, n'est pas même nommée dans les *Souvenirs;*

c'est une petite revanche, un peu mesquine, que ce silence volontaire sur des mérites équitablement reconnus par les contemporains.

La renommée de la jeune Elisabeth grandissait. Elle ne négligeait pas les moyens honnêtes pour faire parler d'elle, peignait volontiers les personnages connus, offrait à l'Académie française les portraits de La Bruyère et du cardinal Fleury, qui manquaient à la collection de la célèbre

compagnie. Quand elle fut d'âge à se marier, elle joignait aux charmes de sa jolie personne les espérances d'une belle carrière d'artiste. M. Le Brun, peintre lui-même et surtout marchand de tableaux avisé, s'empressa de demander sa main à une mère d'autant plus pressée d'établir sa fille qu'elle était elle-même remariée et que quelque aigreur commençait à se glisser dans la famille. Le mariage fut célébré à Saint-Eustache, le 11 janvier 1776, et ne fit pas un ménage heureux. On devine, du moins, que les délicats sentiments de la jeune femme furent bien souvent froissés, et qu'elle concentra son affection sur la petite fille qui lui naquit en 1780 et qui devait lui inspirer ses charmants portraits maternels.

Mme Vigée-Le Brun travailla pour la Cour dès l'année de son mariage. Elle copiait, pour le service de Monsieur, comte de Provence, frère du roi, plusieurs portraits de ce prince ; elle peignait, d'après nature, la duchesse de Chartres. Mais la grande fortune de sa vie fut d'être appelée auprès de la reine. Le portrait de Marie-Antoinette en grand habit, peint en 1779 pour la cour de Vienne et répété plusieurs fois par l'artiste, acheva de la mettre à la mode et lui procura toute une clientèle nouvelle dans le monde de Versailles. C'est au cours des années 1781 et 1782 qu'elle exécuta plusieurs de ses portraits de cour les plus célèbres, ceux de Madame Elisabeth, de la princesse de Lamballe et de la duchesse de Polignac. Elle avait su gagner l'affection de la jeune souveraine. Celle-ci lui demanda à plusieurs reprises d'autres portraits. Ils font aujourd'hui pour nous toute une collection charmante, non la plus fidèle, mais la plus gracieuse que l'art ait consacrée à une figure royale. Pendant ces séances de Versailles, que Mme Vigée-Le Brun a racontées et qui avaient lieu le plus souvent dans le cabinet doré des intérieurs de la reine, une véritable intimité s'établissait entre les deux jeunes femmes, dont l'une savait effacer les distances et l'autre les garder, et qu'unissaient, d'une sympathie certaine, des goûts communs pour la musique, pour le théâtre, et un sentiment maternel très fort chez toutes les deux.

L'appui de Marie-Antoinette ne manqua jamais à son peintre. Ce fut l'intervention personnelle de la reine qui obligea l'Académie royale de peinture et de sculpture à recevoir sans scrutin Mme Vigée-Le Brun parmi ses membres, le jour même où Mme Labille-Guiard venait d'être régulièrement élue. Les lettres de M. d'Angiviller, directeur général des Bâtiments du roi, et le procès-verbal de la séance de l'Académie, que nous avons publiés, ne laissent aucun doute sur ce point. Mme Le Brun avait tous les titres pour devenir « académicienne » ; mais, sans les démarches de la reine et le bon plaisir du roi, elle eût risqué d'attendre quelque temps encore.

Cet honneur était profitable, car il donnait le droit d'exposer au Salon du Louvre. Désormais chaque livret de l'exposition

JOSEPH VERNET

Gravure de Cathelin (1770), d'après L.-M. Vanloo

contient une liste, souvent nombreuse, de tableaux de notre peintre, et son talent, encouragé par le succès, affermi par un travail soutenu, les classe toujours au premier rang. C'est le moment de ses grands triomphes personnels. La maison de la rue de Cléry, où elle ne recevait jusqu'alors que des artistes et des amis anciens, s'ouvre à une société tout à fait choisie. Les gens de cour viennent s'y délasser des gênes de l'étiquette. Le comte de Vaudreuil, le chevalier de Boufflers, le vicomte de Ségur, les plus spirituels gentilshommes de Versailles, y rencontrent les peintres Hubert Robert, Vernet, Ménageot, les poètes Delille et Ecouchard Lebrun. On récite beaucoup de vers et l'on joue des proverbes. La présence de femmes séduisantes et fines met en verve les gens d'esprit. Les quatre meilleures amies de la maîtresse de la maison sont Mme de Verdun, Mme Le Couteulx du Molay, la marquise de Grollier et la marquise de Sabran. La jeune femme de Vigée, l'auteur dramatique, aide sa belle-sœur à faire les honneurs de son logis. Mais nulle n'est jalouse de voir les premiers hommages décernés à l'artiste, à qui Vigée dédie, aux applaudissements de Paris, la fameuse *Epître à ma sœur :*

Femme aimable, peintre charmant,
Toi chez qui la nature allie
Aux dons heureux du sentiment
Les dons si rares du génie,
Toi pour qui semble reverdir
Cette palme longtemps flétrie
Que Rosalba seule a cueillie
Et que te garde l'avenir...

Bientôt le cercle s'élargit ; à la poésie s'ajouta la musique, et l'artiste assure qu'elle donna, dans son modeste salon, les meilleurs concerts de Paris. On peut croire qu'elle n'exagère point. Son intime ami Grétry prenait plaisir à lui offrir la primeur de ses travaux d'opéra ; Sacchini et Martini faisaient de même et lui amenaient leurs plus parfaits interprètes. Mme Vigée-Le Brun en a dressé la liste et a raconté, de façon très attachante, ces soirées de musique où se pressait une brillante société et où l'on voyait parfois, les chaises manquant dans la pièce étroite, de grands personnages assis par terre pour mieux écouter.

L'artiste n'était pas dénuée de prétentions féminines et elle montra toujours, avec quelque excès, le goût de plaire. Elle ne fut cependant pas trop grisée par ses succès mondains qui achevaient de consacrer sa vogue. Elle les payait cruellement, d'autre part, par les calomnies dont elle était victime et qui la représentaient au public comme la maîtresse intéressée du contrôleur-général des finances, M. de Calonne, peint par elle pour le Salon de 1785. Cette accusation qui devait, dit-elle, la suivre longtemps et empoisonner sa vie, n'avait aucune vraisemblance.

Elle multipliait les témoignages d'une activité vaillante, d'une imagination toujours en éveil pour suivre les mouvements de la mode et inventer des arrangements nouveaux de portraits féminins. Elle envoyait au Salon de 1787, avec une dizaine de toiles, le grand portrait de Marie-Antoinette entourée de ses trois enfants, qui est resté le plus considérable de ses chefs-d'œuvre. En 1789, son exposition n'était pas moins riche et l'on y admirait surtout un portrait de la duchesse d'Orléans et celui de son vieil ami Hubert Robert. Elle gardait toute la faveur du public, quand les événements révolutionnaires l'amenèrent à s'expatrier.

Elle se crut sérieusement en danger à cause de ses relations avec la Cour. Le spectacle de la rue, les manifestations bruyantes de la populace, les conversations inquiètes de son entourage l'énervaient au point qu'elle ne travaillait presque plus. Elle se décida à aller visiter l'Italie, ainsi qu'elle le rêvait depuis longtemps, et elle quitta Paris, non sans difficultés, avec sa fille et une gouvernante, le soir même du 6 octobre 1789. Elle avait l'espoir de revenir promptement, dès que l'ordre serait rétabli. Mais ce voyage, qui fit d'elle une émigrée, devait lui fermer bientôt les frontières de France.

Ce fut d'abord un séjour triomphal, qui lui fit goûter les plaisirs de la renommée au pays où ils semblent avoir le plus de saveur. Dans toutes les villes qu'elle traversa, ses confrères lui rendirent hommage. A Turin, le graveur Porporati ne permit pas qu'elle habitât ailleurs que chez lui ; à peine arrivée à Bologne, le directeur de l'Académie des Beaux-Arts lui apporta des lettres de réception ; le jour où elle visita, à Florence, la galerie des portraits de grands peintres peints par eux-mêmes, on lui demanda le sien, et la proposition lui sembla si flatteuse qu'elle se mit à ce travail dès son arrivée à Rome.

MADAME VIGÉE-LE BRUN, PEINTE A ROME PAR ELLE-MÊME

(Gravure de J. Folo)

Elle est fêtée, à Rome, par les artistes français et italiens. Son ancien ami Ménageot, devenu directeur de l'Académie de France, et les jeunes pensionnaires du roi rivalisent d'attention pour elle avec le cardinal de Bernis, ambassadeur de Louis XVI. Elle voit toute une élégante société étrangère, où elle retrouve de nombreux compatriotes qui attendent comme elle en voyageant la fin des troubles de France.

Elle visite Rome et ses environs avec un enthousiasme infatigable, va faire à Naples un séjour non moins délicieux et y exécute le portrait de la reine Marie-Caroline, sœur de Marie-Antoinette, et celui de ses enfants. Elle peint aussi à Naples le portrait du musicien Paisiello, qui est aujourd'hui au Louvre après avoir été envoyé à Paris pour le Salon de 1791, et la célèbre lady Hamilton en sibylle. Cette dernière toile accompagnera désormais l'artiste dans ses voyages et son premier soin, partout où elle fixera son séjour, sera de dérouler la Sibylle fameuse et de l'exposer dans son atelier pour montrer ce qu'elle est capable de peindre. Elle ne vit déjà plus que par ses pinceaux, car ses ressources ont été vite épuisées; mais elle ne manque point de commandes, toutes les femmes à la mode voulant être représentées et enjolivées à la parisienne par le peintre de la reine de France.

Mme Vigée-Le Brun quitta Rome en avril 1792, avec la pensée de rentrer en France après avoir achevé son tour d'Italie. Mesdames Adélaïde et Victoire, qu'elle avait eu la joie de rencontrer, ne doutaient pas qu'elles ne pussent retourner prochainement à Versailles, après le châtiment des sujets rebelles du roi leur neveu.

Mais la Révolution se précipitait. Après avoir passé par Venise et par Vérone, l'artiste arriva à Turin pour assister à l'émouvant exode des fuyards chassés de France par les violences qui suivirent, dans les provinces, la journée du 10 août. Elle participa à l'organisation des secours pour ces malheureux qui apportaient de terrifiantes nouvelles. Parmi les victimes des massacres de Paris, elle entendait nommer des personnes de sa connaissance, apprenait la dispersion de ses amis ; les uns, comme David, Chamfort et Ginguené, étaient devenus de fougueux révolutionnaires ; les autres étaient obligés de se cacher, et plusieurs allaient, l'année suivante, être emprisonnés ou guillotinés. L'inoffensive Mme Le Brun, malgré les protestations de son mari, opportunément rallié à la cause de la Nation, passait pour un agent des princes et pour une conspiratrice dangereuse. Elle dut changer tous ses projets et se rendit à Vienne où elle vécut plus de deux années.

CATHERINE II
IMPÉRATRICE DE RUSSIE

Dessiné par G. Rotari
Gravé par E. Tchemesov

Elle retrouva des amis très chers et une société qui lui était familière, le comte de Vaudreuil, la famille de Polignac et beaucoup d'émigrés, parmi lesquels les sanglants épisodes de 1793 et de 1794 eurent un retentissement douloureux. Elle vit mourir de chagrin la duchesse de Polignac, quelques semaines après l'exécution de Marie-Antoinette. Cependant la société viennoise, où l'avait introduite le prince de Ligne, procurait à Mme Le Brun des distractions mondaines et des succès d'artiste. Quelques-uns de ses plus charmants portraits datent de cette époque, et elle prit surtout plaisir à peindre les belles dames polonaises, qu'elle trouvait toutes « aimables et jolies ».

Elle quitta Vienne pour Saint-Pétersbourg, où elle se rendit en passant par Dresde et Berlin, et en s'arrêtant chez le prince Henri de Prusse, qui avait fréquenté son salon à Paris et qui lui fit la plus aimable réception. Elle arriva, au mois de juillet 1795, dans la grande capitale russe, fut admise aussitôt chez l'impératrice Catherine et travailla d'abord pour la famille impériale. Elle peignit la future impératrice Elisabeth Alexéevna, la grande-duchesse Anna-Féodorovna, les grandes-duchesses Alexandra et Hélène, petites-filles de Catherine, et beaucoup de grands seigneurs et de grandes dames. Elle assista à des événements considérables dans l'histoire de Russie, sur laquelle elle donne, dans la partie de ses *Souvenirs* relative à ses voyages, des détails qui ne manquent pas d'intérêt ; ce furent la mort de la grande Catherine, le règne de l'empereur Paul, qui ordonna à l'artiste française le portrait officiel de l'impératrice Marie, l'assassinat de l'empereur, et l'allégresse qui suivit l'avènement d'Alexandre. Mme Le Brun goûta la cordiale et fastueuse hospitalité de Péterbourg et de Moscou ; trouva, pendant son long séjour, l'occasion de lier quelques-unes de ces amitiés dont son âme sensible ne pouvait se passer. Ses grandes amies de Russie furent les princesses Dolgorouky et Kourakine, qu'elle devait revoir plus tard à Paris, et dont la seconde resta assez chère à son cœur pour mériter de recevoir d'elle en manuscrit la première partie de ses *Souvenirs*.

Les derniers temps de cet agréable séjour furent attristés par un vif chagrin, le mariage de sa fille contracté contre son gré

ÉTUDE

Dessin de Madame Le Brun (Musée du Louvre)

et dans des conditions qui devaient le rendre malheureux. Mme Vigée-Le Brun vit détruire chez son enfant le sentiment dont elle avait fait le charme et la consolation de sa vie. Ces contrariétés ébranlèrent sa santé qui avait résisté jusqu'alors à des excès de travail. Elle sentit le besoin de changer de climat, et sollicita de l'empereur Alexandre et de l'impératrice Elisabeth la permission de quitter leurs Etats. Elle partit de Saint-Pétersbourg, le cœur plein de reconnaissance pour l'accueil qu'elle y avait reçu et non sans espoir de retour.

La route fut dure et difficile pour une malade. Elle eut, à Mitau, la déception de ne plus trouver la famille royale de France, qu'elle espérait y rencontrer. Elle se reposa à Berlin, où elle arriva vers la fin de juillet 1801, et fut conviée par la gracieuse reine Louise à faire son portrait, au château de Potsdam. Quand, sur le chemin de la France, elle hésitait, disait-elle, à revenir en ce pays, « le théâtre de tant de crimes si atroces », et où elle pleurait tant d'amis morts sur l'échafaud, elle y fut encouragée par le général de Beurnonville, ambassadeur de France, qu'elle se décida à visiter, malgré sa répugnance pour les représentants du régime nouveau. Elle eut la surprise de trouver ce « citoyen » fort bien élevé et assez aimable pour l'engager « de la manière la plus flatteuse » à retourner dans une patrie où l'ordre était complètement rétabli. Elle ne demandait qu'à se laisser convaincre. Inscrite sur la liste des émigrés, malgré les protestations de son mari, on finit par obtenir que son nom si compromis en fût rayé. Il avait fallu pour cela, outre l'intervention personnelle de David, qu'elle n'aimait point rappeler, une pétition signée de deux cent cinquante-cinq artistes et savants de la République, présentée au Directoire, le 8 thermidor an VII, par une députation de huit signataires. Elle revint à Paris, après une absence de douze années, le 18 janvier 1802.

La rentrée de Mme Vigée-Le Brun fut, dans le Paris du Consulat, un petit événement. Les artistes s'en réjouirent et les gazettes l'annoncèrent. Elle retrouva ses anciens amis, et fit connaissance avec la génération nouvelle. Dès le surlendemain de son retour, elle fut au bal chez Mme Regnault de Saint-Jean-d'Angély, fille de Mme de Bonneuil, et elle s'orna, pour y paraître, d'une étoffe des Indes qu'elle avait reçue de Mme du Barry, choisie parmi les présents des envoyés de Tippoo-Saïb. Entourée et fêtée comme elle l'était, l'artiste s'accommoda assez bien du changement des mœurs et du mouvement qui emportait la société d'alors. Ses vieux confrères : Hubert

Robert, Greuze, Ménageot, se montraient heureux de la revoir. C'étaient de bien petites gens, après tant de fréquentations illustres; mais la vanité, qui lui troublait souvent l'imagination, n'altérait rien dans son excellent cœur. Elle s'intéressait au progrès des arts, au *Muséum* du Louvre rempli de merveilles, au succès des jeunes talents, comme Gérard, Guérin, et ce Gros, qu'elle avait connu tout petit et dont elle avait conseillé les premiers travaux. Elle était étonnée « de retrouver l'enfant homme de génie et chef d'école ». Elle ne voulut pas renouer avec David : les idées de ce jacobin et les actes qu'on lui reprochait pendant la Terreur la dispensèrent de toute reconnaissance.

Bientôt elle reprend ses soupers d'artistes, elle donne à danser et fait dresser chez elle un théâtre pour jouer la comédie. Elle évite la cour du Premier Consul; fidèle au souvenir de ses rois, elle s'accoutume mal à l'idée d'un pouvoir nouveau. Lorsqu'elle va faire à Londres quelques portraits, elle y retrouve avec plaisir les émigrés qui ne rentrent pas et M. de Vaudreuil lui-même. Elle s'attarde en Angleterre jusqu'à la rupture de la paix d'Amiens et trouve alors d'assez graves difficultés pour revenir en France, dans le cours de l'été de 1805. Napoléon lui fait peindre un portrait en pied de sa sœur Caroline, femme du prince Murat; l'intransigeante royaliste ne pardonne pas au modèle ses retards et ses caprices. Elle prétend avoir dit un jour, assez haut pour être entendue : « J'ai peint de véritables princesses qui ne m'ont jamais tourmentée et ne m'ont jamais fait attendre ! » C'était un mot qu'elle répétait sans doute chez Mme de Staël, qui la reçut à Coppet, pendant un voyage en Suisse, et lui fit faire son portrait en « Corinne au cap Misène ». Ce fut la dernière œuvre importante de l'artiste; son pinceau s'alourdissait de jour en jour et son talent ne survivait pas aux grâces de la génération qu'elle avait célébrée.

En 1810, Mme Vigée-Le Brun acheta, pour passer la belle saison, une maison à Louveciennes, sur le coteau délicieux qui lui rappelait avec tant de charme son séjour auprès de Mme du Barry vieillissante et charitable. Dans la nuit du 31 mars 1814, elle eut la terreur de voir sa maison envahie par les Prussiens; cette pénible émotion fut suivie d'une joie très douce quand ses chers Bourbons rentrèrent dans Paris. Elle assista à toutes les cérémonies, fut reconnue par le roi qui vint à elle et lui parla; elle ne tarda pas à se figurer que la monarchie renaissait, telle qu'elle l'avait aimée si passionnément. En dépit de la fâcheuse surprise des Cent-Jours, après l'ivresse nouvelle du retour de Gand, elle put se croire revenue au bon vieux temps. Ses nobles modèles ou leurs enfants reprenaient leur rang à la Cour; les princes

recommençaient à lui sourire; elle était rappelée au château pour un portrait encore, celui de la duchesse de Berry.

Son salon d'hommes de lettres et d'artistes s'était reconstitué; on y faisait comme jadis d'excellente musique, et de nouveaux poètes y récitaient leurs vers. La princesse Nathalie Kourakine note, en son journal, quelles soirées parfaitement agréables on passait chez Mme Le Brun : « Je rencontre toujours chez elle quelqu'un ou quelque chose qui me plaît. Je n'ai de ma vie vu une femme plus aimable dans l'étendue du terme, mais elle l'est surtout en voulant faire paraître les autres, en s'oubliant ellemême; puis, la grande sûreté de son commerce la rend vraiment précieuse. »

Avec de telles qualités et un art si délicat de vieillir, Mme Vigée-Le Brun ne pouvait manquer ni d'entourage, ni d'amitiés. Elle avait retrouvé deux filles en ses nièces, Mme de Rivière, fille de son frère, et Mme Tripier-Le Franc, née Le Brun, une de ses élèves en peinture, qui copia plusieurs de ses tableaux. Elle-même, jusqu'à la fin, continua à dessiner et à peindre. « La peinture, écrivait-elle à soixante-

huit ans, est toujours pour moi une distraction qui n'aura de fin qu'avec ma vie. » Une autre distraction en ce moment fut de raconter, puis de publier ses souvenirs. Ce fut le dernier succès de Mme Vigée-Le Brun, qui s'éteignit à Paris, rue Saint-Lazare, le 29 mai 1842, à l'âge de quatre-vingt-sept ans. Elle est enterrée au cimetière de Louveciennes, et sur sa tombe, suivant la volonté exprimée dans son testament, sont sculptés une palette et des pinceaux.

***

L'artiste qui nous a laissé tant de précieuses toiles fait aussi devant la postérité figure d'écrivain. Avec les œuvres charmantes, toujours honorées dans les musées et les collections, qui révèlent si exactement les modes, les goûts et les caractères de son temps, elle a laissé des témoignages d'une autre sorte dans un livre vivant et plein d'anecdotes, que les historiens des mœurs ont un réel plaisir à consulter.

Les *Souvenirs* de Mme Vigée-Le Brun, parus de son vivant, en trois volumes, en 1835-37, et réimprimés en 1869 dans la bibliothèque Charpentier, nous ont conservé une foule d'anecdotes, de portraits et de détails de mœurs qu'on ne rencontre point ailleurs et qui ont donné à ce livre sans prétention une juste renommée. L'artiste s'est trouvée mêlée, pendant sa longue vie, aux sociétés de l'intérêt le plus divers; elle a été introduite, par son métier même, et retenue pour ses qualités personnelles dans l'intimité d'hommes et de femmes remarquables ; elle a assisté à des événements importants et qui ont détruit tout un monde sous ses yeux. Partout elle a su écouter et observer, à sa façon sans doute et bien superficiellement, mais autant que peut le faire une femme que n'a point dressée la politique ou l'intrigue. De tant de faits recueillis au cours de sa carrière elle a su tirer des tableaux assez justes, assez précis, assez sincères pour nous intéresser encore et pour ne rien gâter de l'image que nous nous faisons d'elle d'après ses beaux mérites d'artiste.

Pour authentiques qu'ils soient, les mémoires de Mme Vigée-Le Brun ne sont pas entièrement son œuvre. Nous avons tenu en mains assez de lettres d'elle ou même assez de fragments de rédactions antérieures pour assurer qu'il n'y a guère de phrase qui n'ait subi la retouche d'un littérateur de profession. L'artiste aimait écrire et avait toujours noirci beaucoup de papier pour ses amis ; mais elle savait ce qui lui manquait pour se faire lire avec agrément et composer un livre à succès. Quand elle céda à des instances répétées en préparant sous son nom pour l'éditeur Fournier la matière de ses trois *in octavo*, elle se fit aider par les lettrés de son entourage, qui retouchèrent son manuscrit et très souvent composèrent d'après ses dictées. Elle écrivait à Aimé Martin, en lui envoyant ses premiers cahiers : « Enfin, mon bien bon, j'ai commencé ce que vous m'aviez recommandé depuis bien des années. Vous savez combien j'avais d'aversion pour faire ce que vous appelez mes Mémoires, car il faut bien, malgré tous les événements dont j'ai été spectatrice, que je parle de moi... Je me suis décidée, depuis six mois, à noter à mesure ce dont je me rappelle dans tous les temps, dans tous les lieux. Vous n'y verrez ni style, ni phrase, ni période; je trace seulement les faits avec simplicité et vérité, comme on écrit une lettre à une amie. » Cette rédaction originale était souvent informe ; style, phrases et périodes y furent ajoutés, avec une abondance parfois agréable, et nous ne saurions nous en plaindre.

LA TENDRESSE MATERNELLE

Portrait de Madame Vigée-Le Brun et de sa fille

(Gravure d'Avril)

La qualité historique de ces souvenirs égale-t-elle leur agrément ? On y relève, dans les détails, quelques confusions plus ou moins volontaires, et quelques inexactitudes de dates. Ils offrent des traits communs aux récits écrits par les femmes, un jugement passionné sur les personnes et un complet dédain de la chronologie. Les préventions d'une amitié trop ardente égarent la bonne dame, autant que celles d'anciens ressentiments. Elle omet volontiers ce qui peut lui être désagréable, par exemple les ordres royaux qui la firent entrer avant son tour à l'Académie de peinture, et sa rivalité avec une femme de grand talent, Mme Labille-Guiard, de qui les succès ont contrebalancé les siens pendant bien des années. Mais pour la couleur générale des événements, pour l'idée qu'on doit se faire des habitudes d'un temps, des usages et des goûts qui réglaient les rapports sociaux, ces modestes mémoires féminins sont vraiment précieux et véridiques. Ils nous rendent les sentiments, les enthousiasmes, les préjugés de tout un monde qui a disparu dans la grande tourmente. Ils évoquent des élégances d'esprit, en même temps que des grâces de costume, et les souvenirs de cette vieille femme restée bienveillante sont d'autant plus vifs qu'ils se rapportent aux jours de sa jeunesse heureuse : « Les femmes régnaient alors, la Révolution les a détrônées. » Ce mot souvent cité est de Mme Vigée-Le Brun, qui exerça alors, avec un extrême plaisir, une part assez importante de royauté.

Parmi les nombreux salons qui donnèrent tant d'attrait au Paris du XVIIIe siècle, le sien est resté l'un des plus fameux. Ce fut le seul salon d'artiste de l'époque, et l'aimable maîtresse de maison qui sut le

créer dut ce privilège à la fois à ses grâces féminines, que tous ses contemporains ont célébrées, et aux relations que lui procuraient, dans le monde de la Cour et de la finance, ses talents de portraitiste. Avant même d'être ainsi entourée, elle eut bien des occasions d'observer la vie de son temps. Elle avait été accueillie dès sa jeunesse par plusieurs familles importantes qui répondaient à sa bonne humeur, à son caractère sûr, par une amitié véritable. Elle a toujours parlé avec reconnaissance, par exemple, des Montesquiou qui la recevaient au château de Maupertuis, des Ségur qui lui prouvèrent toujours une fidèle bienveillance, de la princesse de Rohan-Rochefort, dont les dîners réunissaient la société la plus spirituelle et à qui elle dut de connaître de bonne heure un genre de conversation « qui la dégoûta, dit-elle, de beaucoup d'autres ».

Bientôt son petit cercle, formé de peintres et d'amis anciens, commença à être recherché par sa noble clientèle. Ses concerts fameux attirerent beaucoup de monde dans le modeste logis de la rue de Cléry. A propos du Salon de 1783, où elle exposa, avec les images de la reine, de Madame, de la duchesse de Guiche en jardinière, son propre portrait en chapeau de paille, un nouvelliste se permit d'indiquer combien son talent était servi par les charmes de sa personne : « C'est une jeune et jolie femme, pleine d'esprit et de grâces, bien aimable, voyant la meilleure compagnie de Paris et de Versailles, donnant des soupers fins aux artistes, aux auteurs, aux gens de qualité ; sa maison est l'asile où les Polignac, les Vaudreuil, les Polastron, les courtisans les plus accrédités et les plus délicats viennent chercher une retraite contre les ennuis de la Cour et rencontrent le plaisir qui les fuit ailleurs. » C'est le moment où Mme Vigée-Le Brun, reçue académicienne, entre dans la période de ses plus grands succès d'artiste et de femme. C'est le point central de ses souvenirs, c'est l'époque qu'elle raconte avec détails et sur laquelle son témoignage est autorisé. Célébrité parisienne, accueillie et recherchée de toute la ville, goûtée même à la Cour pour son talent, elle nous a laissé de ce moment une peinture optimiste, mais sincère. La tranquillité de la vie aristocratique et bourgeoise à la veille de la Révolution nous est fidèlement rendue, et aussi l'émotion qui s'empara de ce monde heureux aux premiers grondements de l'orage révolutionnaire. Les portraits de gens intéressants qu'elle a connus n'ont pas tous trouvé place dans son récit ; elle en a recueilli quelques-uns à la fin de son ouvrage, et ce n'en est pas la partie la moins instructive, ni la moins piquante.

Les souvenirs antérieurs à la Révolution et les portraits forment un tout inséparable, qui remplit, en effet, le même volume de l'édition originale. Ce fut, dès le début, la partie de l'ouvrage qui excita le plus d'intérêt ; sans en être dépourvus, les deux volumes qui s'y ajoutèrent sont d'un caractère tout différent. La présentation change ; ce ne sont plus des lettres supposées qui encadrent les récits ; ce sont des chapitres de mémoires où prennent place, pour une certaine période, de véritables lettres. Cette partie contient le récit des voyages de l'artiste en Italie, en Allemagne, en Russie, en Prusse, et plus tard en Angleterre et en Suisse. Mme Vigée-Le Brun fait souvent œuvre de touriste et ses descriptions d'Italie sortent peu de la banalité. Elle rencontre cependant des traits heureux pour peindre à la plume ses modèles étrangers et souvent aussi la société de l'émigration, qu'elle rencontre dans les diverses capitales où elle réside pour ses travaux. La société parisienne du Consulat, qu'elle retrouve si différente de celle du passé, lui fournit aussi l'occasion des quelques observations curieuses; elle médit de Bonaparte sur le ton des respectables douairières de la Restauration ; elle célèbre avec feu le retour des princes, en bonne royaliste qu'elle a toujours été · ses colères comme ses enthousiasmes reflètent les opinions du moment. Elle note encore ses relations avec les artistes nouveaux et quelques anecdotes du monde ; mais l'intérêt, qui va languissant, n'atteint nulle part celui de la première partie des *Souvenirs*.

Nous reproduisons le texte de 1835, paru du vivant de Mme Vigée-Le Brun. Il est rédigé sous forme de lettres adressées à la princesse Kourakine. On lui a fait subir, dans l'édition moderne, des changements qui portent principalement sur le style, mais qui ne laissent pas d'altérer sur beaucoup de points le caractère de l'original. On a, en outre, maladroitement inséré dans le texte un certain nombre de notes qu'il a paru nécessaire d'en retirer. Nous ne les avons pas données toutes, car elles intéressent surtout la carrière d'artiste de Mme Vigée-Le Brun, plutôt que le tableau des mœurs de son époque. Nous avons aussi allégé l'édition de quelques formules épistolaires superflues et rectifié autant que possible l'orthographe des noms propres. Il était inutile d'essayer une annotation qui eût entraîné fort loin, car presque tous les personnages notables du règne de Louis XVI sont nommés dans ces pages. Quant aux inexactitudes d'appréciations ou de faits, le lecteur doit garder à la pensée qu'il lit des mémoires, et des mémoires de jolie femme, et ne pas y chercher autre chose que l'image générale d'un temps, tel que le voyait une artiste qui avait trente-quatre ans en 1789, et quatre-vingts ans lorsqu'elle racontait sa jeunesse.

Souvenirs de Madame Louise-Élisabeth VIGÉE-LE BRUN

I

MON ENFANCE. — MES PARENTS. — JE SUIS MISE AU COUVENT. — MA PASSION POUR LA PEINTURE. — SOCIÉTÉ DE MON PÈRE. — DOYEN, POINSINET, DAVESNE. — MA SORTIE DU COUVENT. — MON FRÈRE.

Ma bien bonne amie, vous me demandez avec tant d'instances de vous écrire mes souvenirs, que je me décide à vous satisfaire. Que de sensations je vais éprouver en me rappelant et les événements divers dont j'ai été témoin et des amis qui n'existent plus que dans ma pensée! Toutefois, la chose me sera facile, car mon cœur a de la mémoire et, dans mes heures de solitude, ces amis si chers m'entourent encore, tant mon imagination me les réalise. Je joindrai d'ailleurs à mon récit les notes que j'ai prises à différentes époques de ma vie, sur une foule de personnes dont j'ai fait le portrait, et qui, pour la plupart, étaient de ma société; grâce à ce secours, les plus doux moments de mon existence vous seront connus aussi bien qu'ils me le sont à moi-même.

Je vous parlerai d'abord, chère amie, de mes premières années, parce qu'elles ont été le présage de toute ma vie, puisque mon amour pour la peinture s'est manifesté dès mon enfance. On me mit au couvent à l'âge de six ans; j'y suis restée jusqu'à onze. Dans cet intervalle, je crayonnais sans cesse et partout; mes cahiers d'écriture, et même ceux de mes camarades, étaient remplis à la marge de petites têtes de face, ou de profil; sur les murs du dortoir, je traçais avec du charbon des figures et des paysages; aussi vous devez penser que j'étais souvent en pénitence. Puis, dans les moments de récréation, je dessinais sur le sable tout ce qui me passait par la tête. Je me souviens qu'à l'âge de sept ou huit ans, je dessinai à la lampe un homme à barbe, que j'ai toujours gardé. Je le fis voir à mon père qui s'écria transporté de joie : « Tu seras peintre, mon enfant, ou jamais il n'en sera. »

Je vous fais ce récit pour vous prouver à quel point la passion de la peinture était innée en moi. Cette passion ne s'est jamais affaiblie; je crois même qu'elle n'a fait que s'accroître avec le temps; car, encore aujourd'hui, j'en éprouve tout le charme, qui ne finira, j'espère, qu'avec ma vie. C'est au reste à cette divine passion que je dois non seulement ma fortune, mais aussi mon bonheur, puisque, dans ma jeunesse comme à présent, elle a établi des rapports entre moi et tout ce qu'il y avait de plus aimable, de plus distingué dans l'Europe, en hommes et en femmes. Le souvenir de tant de personnes remarquables que j'ai connues prête souvent pour moi du charme à la solitude. Je vis encore

alors avec ceux qui ne sont plus, et je dois remercier la Providence qui m'a laissé ce reflet d'un bonheur passé.

J'avais au couvent une santé très faible, en sorte que mon père et ma mère venaient souvent me chercher pour passer quelques jours avec eux, ce qui me charmait sous tous les rapports. Mon père, nommé Vigée, peignait fort bien au pastel; il y a même des portraits de lui qui seraient dignes du fameux Latour. Il a fait aussi des tableaux à l'huile, dans le genre de Watteau. Celui que vous avez vu chez moi est d'une charmante couleur, et fait avec esprit. Mais, pour en revenir aux jouissances que j'avais dans la maison maternelle, je vous dirai que mon père me donnait la permission de peindre quelques têtes au pastel, et qu'il me laissait aussi barbouiller toute la journée avec ses crayons.

Il avait tellement l'amour de son art que cette passion lui donnait de fréquentes distractions. Je me rappelle qu'un jour, étant tout habillé pour aller dîner en ville, il sort; mais, en pensant au tableau qu'il avait commencé, il retourne chez lui, dans l'idée d'y retoucher. Il ôte sa perruque, met son bonnet de nuit, et ressort, ainsi coiffé, vêtu d'un habit à brandebourgs dorés, l'épée au côté, etc. Sans un voisin, qui l'avertit de sa distraction, il courait la ville dans ce costume.

Mon père avait infiniment d'esprit. Sa gaieté si naturelle se communiquait à tout le monde, et bien souvent on venait se faire peindre par lui pour jouir de son aimable conversation; peut-être connaissez-vous déjà l'anecdote suivante : faisant un jour le portrait d'une assez jolie femme, il s'aperçut que, lorsqu'il travaillait à la bouche, cette femme grimaçait sans cesse pour la rendre plus petite. Impatienté de ce manège, mon père lui dit avec un grand sang-froid : « Ne vous tourmentez pas ainsi, madame; pour peu que vous le désiriez, je ne vous en ferai pas du tout. »

Ma mère était très belle. On peut en juger par le portrait au pastel que mon père a fait d'elle, et par celui que j'ai fait à l'huile beaucoup plus tard. Sa sagesse était austère. Mon père l'adorait comme une divinité; mais les grisettes lui tournaient la tête. Le premier jour de l'an était pour lui un jour de fête : il courait à pied tout Paris, sans faire une seule visite, uniquement pour embrasser toutes les jeunes fillettes qu'il rencontrait, sous le prétexte de leur souhaiter une bonne année.

Ma mère était très pieuse; je l'étais aussi de cœur. Nous entendions toujours la grand'messe; nous allions aux offices divins. Dans le carême surtout, nous n'en manquions aucun, pas même les prières du soir. De tout temps j'ai aimé les chants religieux, et les sons de l'orgue me faisaient alors une telle impression que je pleurais sans pouvoir m'en empêcher. Depuis, ces sons m'ont toujours rappelé la perte que j'ai faite de mon père.

A cette époque, mon père réunissait les soirs plusieurs artistes et quelques gens de lettres. Je placerai en tête Doyen, peintre d'histoire, l'ami intime de mon père et mon premier ami (Doyen était le meilleur homme du monde, plein d'esprit et de sagacité ; ses aperçus sur les choses et sur les personnes ont toujours été d'une justesse extrême ; et, de plus, il parlait avec tant de chaleur de la peinture, qu'il me faisait battre le cœur) ; Poinsinet, qui avait aussi beaucoup d'esprit et de gaieté. Peut-être avez vous entendu parler de sa prodigieuse crédulité ; elle l'exposait sans cesse aux mystifications les plus étranges. Un jour, par exemple, on réussit à lui persuader qu'il existait une charge d'écran du roi, et voilà qu'on le place devant le feu le plus ardent, de manière à lui griller les mollets. Pour peu qu'il voulût s'éloigner : « Ne bougez pas, disait-on, il faut vous habituer à la grande chaleur, autrement vous n'aurez pas la charge. » Il s'en fallait de beaucoup cependant que Poinsinet fût un sot. Plusieurs de ses ouvrages sont encore applaudis aujourd'hui, et il est le seul homme de lettres qui ait obtenu le même soir trois succès dramatiques : *Ernelinde*, au grand Opéra ; le *Cercle*, au Français, et *Tom Jones*, à l'Opéra-Comique ; quelqu'un dit alors, en parlant du *Cercle*, où la société de cette époque est si bien peinte, que Poinsinet avait écouté aux portes. La fin de Poinsinet est des plus tragiques. On lui mit en tête le goût des voyages ; il commença par l'Espagne, et périt en traversant le Guadalquivir.

LA GALERIE DU PALAIS

Composition de Gravelot

Je dois citer aussi un nommé Davesne, peintre et poète, assez médiocre dans ces deux arts, mais que sa conversation, fort spirituelle, avait fait admettre aux soupers de mon père. Je puis vous donner un échantillon des vers de ce Davesne; car, je ne sais comment, je n'ai jamais oublié ceux-ci, qui, je crois, n'ont point été imprimés :

> Plus n'est le temps, où de mes seuls couplets
> Ma Lise aimait à se voir célébrée ;
> Plus n'est le temps où de mes seuls bouquets
> Je la voyais toujours parée.
> Les vers que l'amour me dictait
> Ne répétaient que le nom de Lisette,
> Et Lisette les écoutait.
> Plus d'un baiser payait ma chansonnette ;
> Au même prix qui n'eût été poète ?

Enfin, quoique je fusse à peine sortie de l'enfance alors, je me rappelle parfaitement la gaieté de ces soupers de mon père. On me faisait quitter la table avant le dessert; mais de ma chambre j'entendais des rires, des joies, des chansons, auxquels je ne comprenais rien, à vrai dire, et qui pourtant n'en rendaient pas moins mes jours de congé délicieux.

A onze ans, je sortis tout à fait du couvent, après avoir fait ma première communion, et Davesne, qui peignait à l'huile, me fit demander chez lui, pour m'apprendre à charger une palette; sa femme venait me chercher. Ils étaient si pauvres, qu'ils me faisaient peine et pitié. Un jour, comme je désirais finir une tête que j'avais commencée, ils me retinrent à dîner chez eux; ce dîner se composait d'une soupe et de pommes cuites. Tous deux, je crois, ne se restauraient qu'en venant souper chez mon père.

J'éprouvais un grand bonheur de ne plus quitter mes parents. Mon frère, plus jeune que moi de trois ans, était beau comme un ange; il avait une intelligence fort au-dessus de son âge, et se distinguait dans ses études, au point qu'il rapportait toujours de son collège les témoignages les plus flatteurs. J'étais bien loin d'avoir sa vivacité, son esprit, et surtout son joli visage; car, à cette époque de ma vie, j'étais laide. J'avais un front énorme, les yeux très enfoncés; mon nez était le seul joli trait de mon visage pâle et amaigri. En outre, j'avais grandi si rapidement qu'il m'était impossible de me tenir droite, je pliais comme un roseau. Toutes ces imperfections désolaient ma mère; j'ai cru m'apercevoir qu'elle avait un faible pour mon frère ; car elle le gâtait, et lui pardonnait aisément ses torts de jeunesse, tandis qu'elle était fort sévère pour moi. En revanche, mon père me comblait de bontés et d'indulgence. Sa tendresse le rendait de plus en plus cher à mon cœur : aussi cet excellent père m'est-il toujours présent, et je ne pense pas avoir oublié un seul mot qu'il ait dit devant moi. Combien de fois surtout me suis-je rappelé, en 1789, le trait suivant comme une sorte de prophétie. Un jour que mon père sortait d'un dîner de philosophes, où se trouvaient Diderot, Helvétius et d'Alembert, il paraissait si triste, que ma mère lui demanda ce qu'il avait : « Tout ce que je viens d'entendre, ma chère amie, répondit-il, me fait croire que bientôt le monde sera sens dessus dessous. »

II

MORT DE MON PÈRE. — NOTRE DOULEUR. — JE TRAVAILLE DANS L'ATELIER DE BRIARD. — JOSEPH VERNET; CONSEILS QU'IL ME DONNE. — L'ABBÉ ARNAULT. — JE VISITE DES GALERIES DE TABLEAUX. — MA MÈRE SE REMARIE. — MON BEAU-PÈRE. — JE FAIS DES PORTRAITS. — LE COMTE ORLOFF. — LE COMTE SCHOUVALOFF. — VISITE DE Mme GEOFFRIN. — LA DUCHESSE DE CHARTRES. LE PALAIS-ROYAL. — Mlle DUTHÉ. — Mlle BOQUET.

Jusqu'ici, ma chère amie, je ne vous ai parlé que de mes joies ; il me faut maintenant vous parler de la première affliction qui m'ait été au cœur, de la première douleur que j'aie ressentie.

Je venais de passer une année de bonheur dans la maison paternelle, quand mon père tomba malade. Il avait avalé une arête qui s'était fixée dans son estomac et qui, pour en être extirpée, nécessita plusieurs incisions. Les opérations furent faites par le plus habile chirurgien que l'on connût alors, le frère Côme, en qui nous avions toute confiance et qui avait l'air d'un vrai saint. Il soigna mon père avec le plus grand zèle ; toutefois, malgré ses affectueuses assiduités, les plaies s'envenimèrent, et, après deux mois de souffrances, l'état de mon père ne laissa aucun espoir de guérison. Ma mere pleurait jour et nuit, et je n'essaierai pas de vous peindre ma désolation : j'allais perdre le meilleur des pères, mon appui, mon guide, celui dont l'indulgence encourageait mes premiers essais !

Lorsqu'il se sentit près de ses derniers moments, mon père désira revoir mon frère et moi. Nous nous approchâmes tous deux de son lit, en sanglotant. Son visage était cruellement altéré ; ses yeux, sa physionomie, si animés, n'avaient plus aucuns mouvements ; car la pâleur et le froid de la mort l'avaient déjà saisi. Nous prîmes sa main glacée, et nous la couvrîmes de baisers en l'arrosant de larmes. Il fit un effort, se souleva pour nous donner sa bénédiction : « Soyez heureux, mes enfants », dit-il. Une heure après, notre excellent père n'existait plus (1).

Je restai tellement abattue par ma douleur, que je fus longtemps sans reprendre mes crayons. Doyen venait quelquefois nous revoir, et, comme il avait été le meilleur ami de mon père, ses visites étaient pour nous une grande consolation. Ce fut lui qui m'engagea à reprendre mon occupation chérie, dans laquelle, en effet, je trouvai la seule distraction qui pût adoucir mes regrets et m'arracher à mes tristes pensées. C'est à cette époque que je commençai à peindre d'après nature. Je fis successivement plusieurs portraits au pastel et à l'huile. Je dessinais aussi d'après nature et d'après la bosse, le plus souvent à la lampe, avec Mlle Boquet, que je connus alors. Je me rendais les soirs chez elle, rue Saint-Denis, vis-à-vis celle de la Truanderie, où son père tenait un magasin de curiosités. La course était assez longue,

LA VERTU IRRÉSOLUE

Peinture de Madame Le Brun, gravée par Dennel

car nous logions rue de Cléry, vis-à-vis l'hôtel de Lubert : aussi ma mère me faisait-elle toujours accompagner.

Dans ce même temps, nous allions très souvent, Mlle Boquet et moi, dessiner chez Briard, le peintre, qui nous prêtait ses dessins et des bustes antiques. Briard peignait médiocrement, quoiqu'il

(1) Louis Vigée mourut le 9 mai 1768.

ait fait quelques plafonds assez remarquables par leur composition, mais il était fort bon dessinateur ; c'est pourquoi plusieurs jeunes personnes venaient prendre

LA PROMENADE DU SOIR

Composition de Cochin

des leçons chez lui. Il logeait au Louvre, et, pour y dessiner plus longtemps, nous apportions chacune notre petit dîner dans un panier que nous portait la bonne. Je me rappelle encore que nous nous régalions, en achetant au concierge d'une des portes du Louvre des morceaux de bœuf à la mode si excellents, que je n'ai jamais rien mangé d'aussi bon.

Mlle Boquet avait alors quinze ans, et j'en avais quatorze. Nous rivalisions de beauté ; car j'ai oublié de vous dire, chère amie, qu'il s'était fait en moi une métamorphose et que j'étais devenue jolie. Ses dispositions pour la peinture étaient remarquables, et mes progrès étaient si rapides, que l'on commençait à parler de moi dans le monde, ce qui me valut la satisfaction de connaître Joseph Vernet (1). Ce célèbre artiste m'encouragea et me donna les meilleurs conseils. — « Mon enfant, me disait-il, ne suivez aucun système d'école. Consultez seulement les œuvres des grands maîtres de l'Italie, ainsi que celles des maîtres flamands ; mais surtout faites le plus que vous pourrez d'après nature : la nature est le premier de tous les maîtres. Si vous l'étudiez avec soin, cela vous empêchera de prendre aucune manière. »

J'ai constamment suivi ses avis ; car je n'ai jamais eu de maître proprement dit.

(1) [Mme Vigée-Le Brun a fait, en 1778, le portrait de Joseph Vernet, qui a été exposé au musée du Louvre du vivant de l'auteur.]

Quant à Joseph Vernet, il a bien prouvé l'excellence de sa méthode par ses œuvres, qui ont été et seront toujours si justement admirées.

Je fis aussi connaissance alors avec l'abbé Arnault, de l'Académie française. C'était un homme plein d'imagination, passionné de la haute littérature et des arts, dont la conversation m'enrichissait d'idées, si l'on peut s'exprimer ainsi. Il parlait peinture et musique avec le plus vif enthousiasme. L'abbé Arnault était un ardent partisan de Gluck, et, plus tard, il amena chez moi ce grand musicien ; car j'aimais aussi la musique passionnément.

Ma mère devenait coquette de ma figure, de ma taille, car j'avais repris de l'embonpoint, ce qui m'avait enfin donné la fraîcheur de la jeunesse. Elle me menait aux Tuileries les dimanches ; elle était encore fort belle elle-même, et tant d'années se sont passées depuis lors que je puis vous dire aujourd'hui qu'on nous suivait de telle manière que j'en étais beaucoup plus embarrassée que flattée.

Ma mère me voyait toujours si affectée de la perte cruelle que j'avais faite, qu'elle n'imagina rien de mieux pour m'en distraire que de me mener voir des tableaux. Elle me conduisait au palais du Luxembourg, dont la galerie était ornée alors des chefs-d'œuvre de Rubens, et beaucoup de salles remplies de tableaux des plus grands maîtres (1). Ces tableaux ont été transportés depuis au Muséum et ceux de Rubens perdent à n'être plus vus dans la place où ils ont été faits ; des tableaux bien ou mal éclairés sont comme des pièces bien ou mal jouées.

VUE DE PASSY, PRISE DANS L'ILE DES CYGNES

Dessin et gravure de Le Veau

Nous allions aussi voir de riches collections chez des particuliers. Randon de Boisset possédait une galerie de tableaux flamands et français. Le duc de Praslin et le marquis de Lévis avaient de riches collections des grands maîtres de toutes les écoles. M. Harent de Presle en avait une très riche en tableaux de maîtres italiens ; mais aucune ne pouvait se comparer à celle du Palais-Royal, qui avait été faite par le Régent, et dans laquelle se trouvaient

(1) A présent on y voit des tableaux de peintres modernes français. Je suis la seule qui n'en ait pas dans cette collection (1835).

ant de chefs-d'œuvre des grands maîtres de l'Italie. Elle a été vendue dans la Révolution. Un Anglais, lord Stafford, en a acheté la plus grande partie.

Dès que j'entrais dans une de ces riches galeries, on pouvait exactement me comparer à l'abeille, tant j'y récoltais de connaissances et de souvenirs utiles à mon art, tout en m'enivrant de jouissances dans la contemplation des grands maîtres. En outre, pour me fortifier, je copiais quelques tableaux de Rubens, quelques têtes de Rembrandt, de Van Dyck, et plusieurs têtes de jeunes filles de Greuze, parce que ces dernières m'expliquaient fortement les semi-tons qui se trouvent dans les carnations délicates; Van Dyck les explique aussi, mais plus finement.

Je dois à ce travail l'étude si importante de la dégradation des lumières sur les parties saillantes d'une tête, dégradation que j'ai tant admirée dans les têtes de Raphaël, qui réunissent, il est vrai, toutes les perfections Aussi est-ce à Rome seulement, et sous le beau ciel de l'Italie, qu'on peut tout à fait juger Raphaël. Lorsque plus tard j'ai pu voir ceux de ses chefs-d'œuvre qui n'ont point quitté leur patrie, j'ai trouvé Raphaël au-dessus de son immense renommée.

Mon père n'avait point laissé de fortune; à la vérité, je gagnais déjà beaucoup d'argent, ayant beaucoup de portraits à faire; mais cela ne pouvait suffire aux dépenses de la maison, vu qu'en outre j'avais à payer la pension de mon frère, ses habits, ses livres, etc. Ma mère se vit donc obligée de se remarier; elle épousa un riche joaillier, que jamais nous n'avions soupçonné d'avarice et qui pourtant, sitôt après son mariage, se montra tellement avare qu'il nous refusait jusqu'au nécessaire, quoique j'eusse la bonhomie de lui donner tout ce que je gagnais. Joseph Vernet en était furieux; il me conseillait sans cesse de payer une pension, et de garder l'excédent pour moi; mais je n'en fis rien; je craignais trop qu'avec un pareil harpagon ma mère n'en souffrît.

Je détestais cet homme, d'autant plus qu'il s'était emparé de la garde-robe de mon père, dont il portait les habits, tout comme ils étaient, sans qu'il les eût fait remettre à sa taille. Vous pouvez comprendre aisément, chère amie, quelle triste impression j'en recevais!

J'avais, comme je vous l'ai dit, beaucoup de portraits à faire, et déjà ma jeune réputation m'attirait la visite d'un grand nombre d'étrangers. Plusieurs grands personnages russes vinrent me voir, entre autres le fameux comte Orloff, l'un des assassins de Pierre III. C'était un homme colossal, et je me rappelle qu'il portait au doigt un diamant remarquable par son énorme grosseur.

Je fis presque aussitôt le portrait du comte Schouvaloff, grand chambellan. Celui-ci alors était âgé, je crois, de soixante ans et avait été l'amant d'Elisabeth II. Il joignait une politesse bienveillante à un ton parfait, et, comme il était de plus excellent homme, la meilleure compagnie le recherchait.

J'eus dans le même temps la visite de Mme Geoffrin, cette femme que son salon a rendu célèbre. Mme Geoffrin réunissait chez elle tout ce qu'on connaissait d'hommes distingués dans la littérature et dans les arts, les étrangers de marque et les plus grands seigneurs de la

Cour. Sans naissance, sans talents, sans même avoir une fortune considérable, elle s'était créé ainsi à Paris une existence unique dans son genre, et qu'aucune femme ne pourrait plus s'y faire aujourd'hui. Ayant entendu parler de moi, elle vint me voir un matin et me dit les choses les plus flatteuses sur ma personne et sur mon talent. Quoiqu'elle ne fût pas alors très âgée, je lui aurais donné cent ans; car, non seulement elle se tenait un peu courbée, mais son costume la vieillissait beaucoup. Elle était vêtue d'une robe gris de fer et portait sur sa tête un bonnet à grand papillon, recouvert d'une coiffe noire nouée sous le menton. A pareil âge, maintenant, les femmes, au contraire, réussissent à se rajeunir par le soin qu'elles apportent à leur toilette.

VUE DU PALAIS-BOURBON ET DU COURS LA REINE, PRISE DE LA TERRASSE DES TUILERIES

Dessiné par Lespinasse, en 1778, gravé par Masquelier

Aussitôt après le mariage de ma mère, nous avions été loger chez mon beau-père, rue Saint-Honoré, vis-à-vis la terrasse du Palais-Royal, sur laquelle donnaient mes enêtres. Je voyais souvent la duchesse de Chartres se promener dans le jardin avec ses dames, et je remarquai bientôt qu'elle me regardait avec intérêt et bonté. Je venais de finir le portrait de ma mère, qui faisait grand bruit alors. La duchesse me fit demander pour aller la peindre chez elle. Elle communiqua à tout ce qui l'entourait son extrême bienveillance pour mon jeune talent, en sorte que je ne tardai pas à recevoir la visite de la grande et belle comtesse de Brionne et de sa fille, la princesse de Lorraine, qui était extrêmement jolie, puis successivement celle de toutes les grandes dames de la Cour et du faubourg Saint-Germain.

Puisque j'ai pris le parti, chère amie, de vous avouer que j'étais toujours remarquée aux promenades, aux spectacles, jusque-là que l'on faisait foule autour de moi, vous devinez sans peine que plusieurs amateurs de ma figure me faisaient peindre la leur, dans l'espoir de parvenir à me plaire; mais j'étais si occupée de mon art qu'il n'y avait pas moyen de m'en distraire. Puis aussi, les principes de morale et de religion que ma mère m'avait communiqués me protégeaient fortement contre les séductions dont j'étais entourée. Mon bonheur voulait que je ne connusse pas encore un seul roman. Le premier que j'aie lu (c'était *Clarisse Harlowe*, qui m'a prodigieusement intéressée), je ne l'ai lu qu'après mon mariage ; jusque-là je ne lisais que des livres saints, la morale des saints Pères entre autres, dont je ne me lassais pas, car tout est là, et quelques livres de classe de mon frère.

Pour en revenir à ces messieurs, dès que je m'apercevais qu'ils voulaient me faire des yeux tendres, je les peignais à *regards perdus*, ce qui s'oppose à ce que l'on regarde le peintre. Alors, au moindre mouvement que faisait leur prunelle de mon côté, je leur disais : *J'en suis aux yeux* ; cela les contrariait un peu, comme vous

pouvez croire, et ma mère, qui ne me quittait pas et que j'avais mise dans ma confidence, riait tout bas (1).

Les jours de fête et les dimanches, après avoir entendu la grand'messe, ma mère et mon beau-père me menaient promener au Palais-Royal. A cette époque, le jardin était infiniment plus vaste et plus beau qu'il ne l'est maintenant, étouffé et rétréci par les maisons qui l'environnent de toutes parts. Il y avait à gauche une très large et très longue allée, couverte d'arbres énormes, qui formaient une voûte impénétrable au soleil. Là se réunissait la bonne compagnie, en fort grande parure. Quant à la mauvaise, elle se réfugiait plus loin, sous les quinconces.

L'Opéra était alors tout à côté (il tenait au Palais). Dans les jours d'été, ce spectacle finissait à huit heures et demie, et toutes les personnes élégantes sortaient même avant la fin, pour se promener dans le jardin. Il était de mode alors que les femmes portassent de fort gros bouquets, ce qui, joint aux poudres odoriférantes dont chacun parfumait ses cheveux, embaumait véritablement l'air que l'on respirait. Plus tard, mais pourtant avant la Révolution, j'ai vu ces soirées se prolonger jusqu'à deux heures du matin ; on y faisait de la musique au clair de lune, en plein air. Des artistes, des amateurs, entre autres Garat et Azevédo, y chantaient. On y jouait de la harpe et de la guitare ; le fameux Saint-Georges jouait aussi souvent du violon ; la foule s'y portait.

C'est là que j'ai vu pour la première fois l'élégante et jolie Mlle Duthé, qui se promenait avec d'autres filles entretenues ; car jamais alors aucun homme ne se montrait avec ces demoiselles; s'ils les rejoignaient au spectacle, c'était toujours en loges grillées. Les Anglais sont moins délicats sur ce point. Cette même demoiselle Duthé était souvent accompagnée par un Anglais, si fidèle que, dix-huit ans après, je les ai revus ensemble au spectacle à Londres. Le frère de l'Anglais était avec eux, et l'on me dit qu'ils faisaient tous trois ménage ensemble. Vous ne sauriez avoir une idée, chère amie, de ce qu'étaient les femmes entretenues à l'époque dont je vous parle. Mlle Duthé, par exemple, a mangé des millions ; maintenant l'état de courtisane est un état perdu ; personne ne se ruine plus pour une fille.

Ce dernier mot m'en rappelle un de la duchesse de Chartres, dont j'aime la naïveté. Je vous ai déjà parlé de cette princesse, digne fille du vertueux et bienfaisant duc de Penthièvre. Quelque temps après son mariage, comme elle était à la fenêtre, un de ses gentilshommes, voyant passer quelques-unes de ces demoiselles, dit : « Voilà

(1) A cette époque, le marquis de Choiseul était du nombre, ce qui m'indignait, car il venait d'épouser la plus jolie personne du monde. Elle s'appelait Mlle Raby ; c'était une Américaine, âgée de seize ans. Je ne crois pas qu'on ait jamais rien vu de plus parfait. [Ce mariage est du 5 août 1770.]

des filles. » — « Comment pouvez-vous savoir qu'elles ne sont pas mariées ? » demanda la duchesse dans sa candide ignorance.

Nous ne pouvions passer dans cette grande allée du Palais-Royal, Mlle Boquet et moi, sans fixer vivement l'attention. Toutes deux alors nous étions âgées de seize à dix-sept ans, et Mlle Boquet était fort belle. A dix-neuf ans elle eut la petite vérole, ce qui intéressa si généralement, que de toutes les classes de la société une foule de gens s'empressaient de venir s'informer de ses nouvelles, et que l'on voyait sans cesse une grande quantité de voitures à sa porte. A cette époque, réellement la beauté était une illustration.

Mlle Boquet avait un talent remarquable pour la peinture, mais elle l'abandonna presque entièrement après avoir épousé M. Filleul, époque à laquelle la reine la nomma concierge du château de la Muette.

Que ne puis-je vous parler de cette aimable femme, sans me rappeler sa fin tragique ? Hélas ! je me souviens qu'au moment où j'allais quitter la France, pour fuir les horreurs que je prévoyais, Mme Filleul me dit : « Vous avez tort de partir ; moi, je reste ; car je crois au bonheur que doit nous procurer la Révolution. »

Et cette Révolution l'a conduite sur l'échafaud ! Elle n'avait point quitté le château de la Muette, quand arriva ce temps si justement nommé le temps de la Terreur. Mme Chalgrin, fille de Joseph Vernet, et l'amie intime de Mme Filleul, vint célébrer dans ce château le mariage

LA LOGE A L'OPÉRA

D'après Moreau le jeune

de sa fille, sans aucun éclat, comme vous imaginez bien. Cependant, dès le lendemain, les révolutionnaires n'en vinrent pas moins arrêter Mme Filleul et Mme Chalgrin, qui, disait-on, avaient *brûlé les bougies de la nation*, et toutes deux furent guillotinées peu de jours après.

Je finis ici cette triste lettre.

III

MES PROMENADES. — LE COLISÉE, LE WAUX-HALL D'ÉTÉ. — MARLY, SCEAUX. — MA SOCIÉTÉ A PARIS. — LE MOINE LE SCULPTEUR. — GERBIER. — LA PRINCESSE DE ROHAN-ROCHEFORT. — LA COMTESSE DE BRIONNE. — LE CARDINAL DE ROHAN. — M. DE RULHIÈRES. — LE DUC DE LAUZUN. — JE FAIS HOMMAGE A L'ACADÉMIE FRANÇAISE DES PORTRAITS DU CARDINAL DE FLEURY ET DE LA BRUYÈRE. — LETTRE DE D'ALEMBERT ET SA VISITE A CETTE OCCASION.

Je reprendrai, chère amie, le cours de mes promenades dans ce que je puis appeler l'ancien Paris, tant, depuis ma jeunesse, cette ville a subi de métamorphoses sous tous les rapports. Une des plus fréquentées était la promenade des boulevards du Temple. Tous les jours, mais le jeudi principalement, des centaines de voitures allaient, venaient ou stationnaient contre les allées où sont encore maintenant les cafés et les parades. Les jeunes gens à cheval caracolaient autour d'elles, comme à Longchamp; car Longchamp existait déjà (1).

Les allées, ou bas-côtés, étaient pleines d'une foule immense de promeneurs, jouissant du plaisir d'admirer ou de critiquer toutes les belles dames, très parées, qui passaient dans leurs brillants équipages.

Un des côtés du boulevard (celui où se trouve maintenant le café Turc) offrait un spectacle qui bien souvent m'a donné le fou rire. C'était une longue rangée de vieilles femmes du Marais, assises gravement sur des chaises, et les joues tellement couvertes de rouge qu'elles ressemblaient tout à fait à des poupées. Comme à cette époque les femmes d'un rang élevé pouvaient seules porter du rouge, ces dames croyaient devoir jouir du privilège dans toute sa latitude. Un de nos amis, qui les connaissait pour la plupart, nous dit qu'elles n'avaient d'autre occupation que celle de jouer au loto du matin au soir, et qu'un jour qu'il revenait de Versailles, quelques unes d'elles lui demandant des nouvelles, il répondit qu'il venait d'apprendre que M. de La Pérouse devait partir pour aller faire le tour du monde : « En vérité, s'écria la maîtresse de maison, il faut que cette homme-là soit bien désœuvré ! »

Plus tard, longtemps après mon mariage, j'ai vu sur ce même boulevard divers petits spectacles. Le seul où j'aie été souvent, et qui m'amusait beaucoup, était celui des Fantoccini de Carlo Perico. Ces marionnettes étaient si bien faites, et leurs mouvements si naturels qu'elles faisaient parfois illusion. Ma fille, qui avait au plus six ans et que je menais avec moi, ne doutait pas d'abord que ces personnages ne fussent vivants. Quand je lui eus dit le contraire, je me rappelle que je la menai peu de jours après à la Comédie-Française, où ma loge était assez éloignée du théâtre : « Et ceux-là, maman, me dit-elle, sont-ils vivants? »

Le Colisée était encore un lieu de réunion fort à la mode ; on l'avait établi dans un des grands carrés des Champs-Elysées, en bâtissant une immense rotonde. Au milieu se trouvait un lac, rempli d'une eau limpide, sur lequel se faisaient des joûtes de bateliers. On se promenait tout autour dans de larges allées sablées, et garnies de sièges. Quand la nuit venait, tout le monde quittait le jardin pour se réunir dans un salon immense où l'on entendait tous les soirs une excellente musique à grand orchestre. Mlle Lemaure, très célèbre alors, y a chanté plusieurs fois, ainsi que beaucoup d'autres fameuses cantatrices. Le large perron qui conduisait à cette salle du concert était le rendez-vous de tous les jeunes élégants de Paris, qui, placés sous les portiques illuminés, ne laissaient point passer une femme sans lancer une épigramme. Un soir, comme j'en descendais les degrés avec ma mère, le duc de Chartres, depuis Philippe-Egalité, se tenait là, donnant le bras au marquis de Genlis, son compagnon d'orgies, et les pauvres malheureuses qui se présentaient à leurs yeux n'échappaient point aux sarcasmes les plus

(1) Il était même fort brillant. Les filles entretenues dépensaient des trésors pour y éclipser tout le monde, et l'on cite une demoiselle Renard, que l'on y vit paraître un jour dans une voiture traînée par quatre chevaux dont les harnais étaient couverts de pierres fausses, imitant le diamant à s'y méprendre.

infâmes. « Ah! pour celle-ci, dit le duc très haut en me désignant, il n'y a rien à dire ». Ce mot, que beaucoup de personnes entendirent ainsi que moi, me causa une si grande satisfaction, que je me le rappelle encore aujourd'hui avec un certain plaisir.

A peu près dans le même temps, il existait sur le boulevard du Temple ce qu'on appelait le Wauxhall d'été, dont le jardin n'était autre chose qu'un large espace destiné à la promenade et autour duquel s'élevaient des gradins couverts, où s'asseyait la bonne compagnie. On s'y réunissait de jour en été, et la soirée finissait par un très beau feu d'artifice.

Tous ces lieux étaient bien plus à la mode, alors, que ne l'est maintenant Tivoli. Il est même assez étonnant que les Parisiens, qui n'ont pour toutes promenades que les Tuileries et le Luxembourg, aient renoncé à ces établissements, moitié citadins, moitié champêtres, où l'on allait respirer le soir en prenant des glaces.

Mon vilain beau-père, ennuyé sans doute des hommages publics que l'on rendait à la beauté de ma mère, et j'oserai dire aussi à la mienne, nous interdit les promenades, et nous dit un jour qu'il allait louer une campagne. A ces mots le cœur me battit de joie, car j'aimais la campagne passionnément. J'avais d'autant plus le désir d'y séjourner que j'en éprouvais un besoin réel, attendu que je couchais alors au pied du lit de ma mère, dans un coin enfoncé et où le jour n'arrivait jamais. Aussi, le matin, quelque temps qu'il fît, mon premier soin était d'ouvrir la fenêtre pour respirer, tant j'avais soif d'air.

Mon beau-père loua donc une petite bicoque à Chaillot, et nous allions y coucher le samedi pour revenir à Paris le lundi matin. Dieu! quelle campagne! imaginez-vous, ma chère, un très petit jardin de curé; point d'arbres, point d'autre abri contre le soleil qu'un petit berceau où mon beau-père avait planté des haricots et des capucines qui ne poussaient pas. Encore n'avions-nous que le quart de ce charmant jardin; il était séparé en quatre par de petits bâtons, et les trois autres parties étaient louées à des garçons de boutique, qui, tous les dimanches, venaient s'amuser à tirer des coups de fusil sur les oiseaux. Ce bruit perpétuel me mettait dans un état de désespoir, outre que j'avais une peur affreuse d'être tuée par ces maladroits, tant ils visaient de travers.

Je ne comprenais pas qu'on pût appeler la campagne ce lieu si bête, si antipittoresque, où je m'ennuyais au point que je bâille de souvenir en vous écrivant ceci. Enfin mon bon ange amena à mon secours

une amie de ma mère, Mme Suzanne, qui vint dîner un jour à Chaillot avec son mari. Tous deux eurent pitié de moi, de mon ennui, et me menèrent quelquefois faire des courses charmantes. Malheureusement on ne pouvait pas compter sur M. Suzanne tous les dimanches, car il avait une singulière maladie : de deux jours l'un, il s'enfermait dans sa chambre, sans voir personne, pas même sa femme; ne voulant ni parler ni manger. Le lendemain, il est vrai, il reprenait toute sa gaieté et ses manières habituelles; mais vous sentez que, pour faire une partie avec lui, il fallait se tenir au courant de l'intermittence de sa santé.

Nous allâmes d'abord à Marly-le-Roi,

et là, pour la première fois, je pris l'idée d'un séjour enchanteur. De chaque côté du château, qui était superbe, s'élevaient six pavillons, qui se communiquaient par des berceaux de jasmin et de chèvrefeuille. Des eaux magnifiques, qui tombaient en cascades du haut d'une montagne située derrière le château, fournissaient un immense canal, sur lequel se promenaient des cygnes. Ces beaux arbres, ces salles

de verdure, ces bassins, ces jets d'eau, dont un s'élevait à une hauteur si prodigieuse qu'on le perdait de vue : tout était grand, tout était royal, tout y parlait de Louis XIV. L'aspect de ce séjour ravissant me fit alors tant d'impression qu'après mon mariage je suis retournée souvent à Marly. Un matin j'y ai rencontré la reine qui se promenait dans le parc avec plusieurs dames de sa cour. Toutes étaient en robes blanches, et si jeunes, si jolies, qu'elles me firent l'effet d'une apparition. J'étais avec ma mère, et je m'éloignais, quand la reine eut la bonté de m'arrêter, m'engageant à continuer ma promenade partout où il me plairait. Hélas ! quand je suis revenue en France, en 1802, j'ai couru revoir mon noble et riant Marly. Le palais, les arbres, les cascades, les bassins, tout avait disparu ; je n'ai plus trouvé qu'une seule pierre, qui semble marquer le milieu du salon.

M. et Mme Suzanne me menèrent voir aussi le château et le parc de Sceaux. Une partie de ce parc, celle qui avoisinait le château, était dessinée régulièrement en gazons, en parterres remplis de mille fleurs, comme le jardin des Tuileries ; l'autre n'offrait aucune symétrie, mais un magnifique canal et les plus beaux arbres que j'aie vus de ma vie la rendaient de beaucoup préférable selon moi. Une chose qui prouvait la bonté du maître de ce magnique séjour, c'est que le parc de Sceaux était une promenade publique ; l'excellent duc de Penthièvre avait toujours voulu que tout le monde y entrât, et les dimanches principalement ce parc était très fréquenté.

Je trouvais bien cruel de quitter ces magnifiques jardins pour rentrer dans notre triste Chaillot. Enfin, l'hiver nous fixa tout à fait à Paris, où je passai de la manière la plus agréable le temps que me laissait le travail. Dès l'âge de quinze ans, j'avais été répandue dans la haute société ; je connaissais nos premiers artistes, en sorte que je recevais des invitations de toutes parts. Je me souviens fort bien que j'ai dîné en ville pour la première fois chez le sculpteur Le Moine, alors en grande réputation. Le Moine était d'une simplicité extrême ; mais il avait le bon goût de rassembler chez lui une foule d'hommes célèbres et distingués ; ses deux filles faisaient parfaitement les honneurs de sa maison. Je vis là le fameux Lekain, qui me fit peur, tant il avait l'air sombre et farouche ; ses énormes sourcils ajoutaient encore à l'expression si peu gracieuse de son visage. Il ne parlait point, mais il mangeait énormément. A côté de lui, tout en face de moi, se trouvait la plus jolie femme de Paris, Mme de Bonneuil (mère de Mme Regnault Saint-Jean d'Angely), qui alors était fraîche comme une rose. Sa beauté si douce avait tant de charme que je ne pouvais en détourner mes yeux, d'autant plus qu'on l'avait aussi placée près de mon mari, qui était laid comme un singe, et que les figures de Lekain et de M. de Bonneuil formaient un double repoussoir, dont bien certainement elle n'avait pas besoin.

C'est chez Le Moine que j'ai connu Gerbier, le célèbre avocat ; sa fille, madame de Roissy, était fort belle, et c'est une des premières femmes dont j'ai fait le portrait. Nous avions souvent, à ces dîners, Grétry, Latour, fameux peintre au pastel ; on riait, on s'amusait. L'usage, à cette époque, était de chanter au dessert. Mme de Bonneuil, qui avait une voix charmante, chantait avec son mari des duos de Grétry, puis venait le tour de toutes les jeunes demoiselles, dont cette mode, il faut l'avouer, faisait le supplice ; car on les voyait pâlir, trembler, au point de chanter souvent faux. Malgré ces petites dissonances, le dîner finissait gaiement, et l'on se quittait toujours à regret. bien loin de demander sa voiture en se levant de table, ainsi qu'on le fait aujourd'hui.

Je ne puis cependant parler des dîners actuels que par ouï-dire, attendu que, peu de temps après celui dont je vous parle, j'ai cessé pour toujours de dîner en ville. Les heures de jour m'étaient réellement trop précieuses pour les donner à la société, et un bien petit événement qui m'arriva vint me décider tout à coup à ne plus sortir que le soir. J'avais accepté à dîner chez la princesse de Rohan-Rochefort. Tout habillée et prête à monter en voiture, l'idée me prend d'aller revoir un portrait que j'avais commencé le matin. J'étais vêtue d'une robe de satin blanc, que je mettais pour la première fois ; je m'assieds sur une chaise qui se trouvait en face de mon chevalet, sans m'apercevoir que ma palette était posée dessus ; vous jugez que je mis ma robe dans un tel état que je fus obligée de rester chez moi, et dès lors je pris la résolution de ne plus accepter que des soupers.

VUE DE LA POMPE A FEU DE CHAILLOT, PRISE DU GROS-CAILLOU

Dessin de Lallemand, gravure de Née

Ceux de la princesse de Rohan-Rochefort étaient charmants. Le fond de sa société se composait de la belle comtesse de Brionne et de sa fille, la princesse de Lorraine, du duc de Choiseul, du cardinal de Rohan, de M. de Rulhières, l'auteur des *Disputes ;* mais le plus aimable de tous les convives était sans contredit le duc de Lauzun ; on n'a jamais eu autant d'esprit et de gaieté ; il nous charmait tous. Souvent la soirée se passait à faire de la musique, et quelquefois je chantais en m'accompagnant sur la guitare. On soupait à dix heures et demie ; jamais plus de dix ou douze à table. C'était à qui serait le plus aimable et le plus spirituel. J'écoutais seulement, comme vous pouvez croire, et, quoique trop jeune pour apprécier entière-

D'ALEMBERT

Dessiné par Cochin, gravé par Watelet

ment le charme de cette conversation, elle me dégoûtait de beaucoup d'autres.

Je vous ai dit souvent, chère amie, que ma vie de jeune fille n'avait ressemblé à aucune autre. Non seulement mon talent, tout faible que je le trouvais, quand je pensais aux grands maîtres, me faisait accueillir et rechercher dans tous les salons ; mais je recevais parfois des preuves d'une bienveillance pour ainsi dire publique, dont j'éprouvais beaucoup de joie, je vous l'avoue franchement. Par exemple, j'avais fait, d'après les gravures du temps, les portraits du cardinal de Fleury et de La Bruyère. J'en fis hommage à l'Académie française, qui, par l'organe de d'Alembert, son secrétaire perpétuel, m'adressa la lettre que je copie ici, et que je conserve précieusement :

« Mademoiselle,

« L'Académie française a reçu avec toute la reconnaissance possible la lettre charmante que vous lui avez écrite, et les beaux portraits de Fleury et de La Bruyère que vous avez bien voulu lui envoyer pour être placés dans sa salle d'assemblée, où elle désirait depuis longtemps de les voir. Ces deux portraits, en lui retraçant deux hommes dont le nom lui est cher, lui rappelleront sans cesse, mademoiselle, le souvenir de tout ce qu'elle vous doit et qu'elle est très flattée de vous devoir ; ils seront de plus à ses yeux un monument durable de vos rares talents qui lui étaient connus par la voix publique, et qui sont encore relevés en vous par l'esprit, par les grâces et par la plus aimable modestie.

« La compagnie, désirant de répondre à un procédé aussi honnête que le vôtre, de la manière qui peut vous être la plus agréable, vous prie, mademoiselle, de vouloir bien accepter vos entrées à toutes ses assemblées publiques. C'est ce qu'elle a arrêté dans son assemblée d'hier par une délibération unanime qui a été sur-le-champ insérée dans ses registres et dont elle m'a chargé de vous donner avis en y joignant tous ses remerciements. Cette commission me flatte d'autant plus qu'elle me procure l'occasion de vous assurer, mademoiselle, de l'estime distinguée dont je suis pénétré depuis longtemps pour vos talents et pour votre personne, et que je partage avec tous les gens de goût, et avec tous les gens honnêtes.

« J'ai l'honneur d'être avec respect, mademoiselle, votre très-humble et très-obéissant serviteur,

D'ALEMBERT,

« *Secrétaire perpétuel de l'Académie française.*

« Paris, 10 août 1775. »

L'hommage de ces deux portraits à l'Académie me procura bientôt l'honneur de la visite de d'Alembert, petit homme sec et froid, mais d'une politesse exquise. Il resta longtemps et parcourut mon atelier, en me disant mille choses flatteuses. Je n'ai jamais oublié qu'il venait de sortir, quand une grande dame qui s'était trouvée là, me demanda si j'avais fait d'après nature ces portraits de La Bruyère et de Fleury dont on venait de parler ? — « Je suis un peu trop jeune pour cela », répondis-je sans pouvoir m'empêcher de rire, mais fort contente pour la pauvre dame que l'académicien fût parti.

IV

MON MARIAGE. — JE PRENDS DES ÉLÈVES; Mlle BENOIST. — JE RENONCE A CETTE ÉCOLE. — MES PORTRAITS ; COMMENT JE LES COSTUME. — SÉANCE DE L'ACADÉMIE FRANÇAISE. — MA FILLE. — LA DUCHESSE DE MAZARIN. — LES AMBASSADEURS DE TIPPOO-SAÏB. — TABLEAUX QUE JE FAIS D'APRÈS EUX. — DINER QU'ILS ME DONNENT.

Mon beau-père s'étant retiré du commerce, nous allâmes loger à l'hôtel Lubert, rue de Cléry. M. Le Brun venait d'acheter cette maison ; il l'habitait, et, dès que nous fûmes établis, j'allai voir les magnifiques tableaux de toutes les écoles, dont son appartement était rempli. J'étais enchantée d'un voisinage qui me mettait à même de consulter les chefs-d'œuvre des maîtres. M. Le Brun me témoignait une extrême obligeance en me prêtant, pour les copier, des tableaux d'une beauté admirable et d'un grand prix. Je lui devais ainsi les plus fortes leçons que je pusse prendre, lorsque au bout de six mois il me demanda en mariage. J'étais loin de vouloir l'épouser, quoiqu'il fût très bien fait et qu'il eût une figure agréable. J'avais alors vingt ans ; je vivais sans inquiétude sur mon avenir puisque je gagnais beaucoup d'argent, en sorte que je ne sentais aucun désir de me marier. Mais ma mère, qui croyait

M. Le Brun fort riche, ne cessait de m'engager avec instances à ne point refuser un parti aussi avantageux, et je me décidai enfin à ce mariage (1), poussée surtout par l'envie de me soustraire au tourment de vivre avec mon beau-père, dont la mauvaise humeur augmentait chaque jour depuis qu'il était oisif. Je me sentais si peu entraînée, toutefois, à faire le sacrifice de ma liberté, qu'en allant à l'église je me

(1) [Le mariage de Mlle Elisabeth-Louise Vigée, fille de Louis Vigée, peintre et membre de l'Académie de Saint-Luc, et de dame Jeanne Maissin, son épouse, avec Jean-Baptiste-Pierre Le Brun, peintre, fils de Pierre Le Brun et de Françoise Bouffé, son épouse, a été célébré le 11 janvier 1776, à l'église Saint-Eustache.]

disais encore : Dirai-je oui ? dirai-je non ? Hélas ! j'ai dit oui, et j'ai changé mes peines contre d'autres peines. Ce n'est pas que M. Le Brun fût un méchant homme : son caractère offrait un mélange de douceur et de vivacité ; il était d'une grande obligeance pour tout le monde, en un mot assez aimable ; mais sa passion effrénée pour les femmes de mauvaises mœurs, jointe à la passion du jeu, ont causé la ruine de sa fortune et de la mienne, dont il disposait entièrement ; au point qu'en 1789, lorsque je quittai la France, je ne possédais pas vingt francs de revenu, après avoir gagné pour ma part plus d'un million. Il avait tout mangé.

GLUCK

D'après la peinture de Duplessis

Mon mariage fut tenu quelque temps secret : M. Le Brun ayant dû épouser la fille d'un Hollandais avec lequel il faisait un grand commerce de tableaux, me pria de ne point le déclarer avant qu'il eût terminé ses affaires. J'y consentis d'autant plus volontiers que je ne quittais pas sans un grand regret mon nom de fille, sous lequel j'étais déjà très connue ; mais ce mystère qui dura peu n'en eut pas moins un résultat fâcheux pour mon avenir. Plusieurs personnes, qui croyaient simplement que j'allais épouser M. Le Brun, venaient me trouver pour me détourner de faire une pareille sottise. Tantôt c'était Aubert, joaillier de la couronne, qui me disait avec amitié : « Vous feriez mieux de vous attacher une pierre au cou et de vous jeter dans la rivière que d'épouser Le Brun. » Tantôt c'était la duchesse d'Aremberg, accompagnée de Mme de Canillac, de Mme de Souza, alors ambassadrice du Portugal, toutes trois si jeunes et si jolies, qui m'apportaient leurs conseils tardifs quand j'étais mariée depuis quinze jours. « Au nom du Ciel, me disait la duchesse, n'épousez pas M. Le Brun, vous seriez trop malheureuse ». Puis elle me contait une foule de choses que j'avais le bonheur de ne pas croire entièrement, quoiqu'elles se soient trop confirmées depuis ; mais ma mère qui se trouvait là, avait peine à retenir ses larmes.

Enfin la déclaration de mon mariage vint mettre un terme à ces tristes avertissements qui, grâce à ma chère peinture, avaient peu altéré ma gaieté habituelle. Je ne pouvais suffire aux portraits qui m'étaient demandés de toutes parts, et quoique M. Le Brun prit dès lors l'habitude de s'emparer des paiements, il n'en imagina pas moins, pour augmenter notre revenu, de me faire avoir des élèves. Je consentis à ce qu'il désirait, sans prendre le temps d'y réfléchir, et bientôt il me vint plusieurs demoiselles auxquelles je montrais à faire des yeux, des nez, des ovales, qu'il fallait retoucher sans cesse, ce qui me détournait de mon travail et m'ennuyait fortement.

Parmi mes élèves se trouvait Mlle Emilie De La Ville Le Roulx, qui depuis a épousé M. Benoist, directeur des Droits réunis, et pour laquelle Demoustiers a écrit les *Lettres sur la Mythologie*. Elle peignait au pastel des têtes où s'annonçait déjà le talent qui lui a donné une juste célébrité. Mlle Emilie était la plus jeune de mes élèves, pour la plupart plus âgées que moi, ce qui nuisait prodigieusement au respect que doit imprimer un chef d'école. J'avais établi l'atelier de ces demoiselles dans un ancien grenier à fourrage, dont le plafond laissait à découvert de fort grosses poutres. Un matin, je monte et je trouve mes élèves qui venaient d'attacher une corde à l'une de ces poutres et qui se balançaient à qui mieux mieux. Je prends mon air sérieux, je gronde, je fais un discours superbe sur la perte du temps ; puis voilà que je veux essayer la balançoire et que je m'en amuse plus que toutes les autres. Vous jugez qu'avec de pareilles manières il m'était difficile de leur imposer beaucoup, et cet inconvénient, joint à l'ennui de revenir à l'A B C de mon art en corrigeant des études, me fit renoncer bien vite à tenir cette école.

L'obligation de laisser mon cher atelier pendant quelques heures avait encore ajouté, je crois, à mon amour pour le travail ; je ne quittais plus mes pinceaux qu'à la nuit tout à fait close, et le nombre de portraits que j'ai faits à cette époque est vraiment prodigieux. Comme j'avais horreur du costume que les femmes portaient alors, je faisais tous mes efforts pour le rendre un peu plus pittoresque, et j'étais ravie, quand j'obtenais la confiance de mes

« C'EST UN FILS, MONSIEUR ! »

D'après Moreau le jeune (1770)

modèles, de pouvoir les draper à ma fantaisie.

On ne portait point encore de châles ; mais je disposais de larges écharpes, légèrement entrelacées autour du corps et sur les bras, avec lesquelles je tâchais d'imiter le beau style des draperies de Raphaël et du Dominiquin, ainsi que vous avez pu le voir en Russie dans plusieurs de mes portraits, notamment dans celui de ma fille jouant de la guitare. En outre, je ne pouvais souffrir la poudre. J'obtins de la belle duchesse de Gramont-Caderousse qu'elle n'en mettrait pas pour se faire

LA DUCHESSE DE GRAMONT-CADEROUSSE

D'après la peinture de Madame Le Brun (Salon de 1785)

peindre (1); ses cheveux étaient d'un noir d'ébène ; je les séparai sur le front, arrangés en boucles irrégulières. Après ma séance, qui finissait à l'heure du diner, la duchesse ne dérangeait rien à sa coiffure et allait ainsi au spectacle ; une aussi jolie femme devait donner le ton : cette mode prit doucement, puis devint enfin générale. Ceci me rappelle qu'en 1786, peignant la reine, je la suppliais de ne point mettre de poudre et de partager ses cheveux sur son front. « Je serai la dernière à suivre cette mode, dit la reine en riant, je ne veux pas qu'on dise que je l'ai imaginée pour cacher mon grand front. »

Je tâchais autant qu'il m'était possible de donner aux femmes que je peignais l'attitude et l'expression de leur physionomie ; celles qui n'avaient pas de physionomie, on en voit, je les peignais rêveuses et nonchalamment appuyées. Enfin, il faut croire qu'elles étaient contentes, car je ne pouvais suffire aux demandes ; on avait de la peine à se faire placer sur ma liste ; en un mot j'étais à la mode ; il semblait que tout se réunit pour m'y mettre. Vous en jugerez par la scène suivante, qui m'a toujours laissé un souvenir si flatteur. Quelque temps après mon mariage, j'assistai à une séance de l'Académie française ; La Harpe y lut son discours sur les talents des femmes. Quand il en vint à ces vers où l'éloge est si fort exagéré, et que j'entendais pour la première fois :

Le Brun, de la beauté le peintre et le modèle,
Moderne Rosalba, mais plus brillante qu'elle,
Joint la voix de Favart au souris de Vénus, etc.

l'auteur de *Warwick* me regarda ; aussitôt tout le public, sans en excepter la duchesse de Chartres et le roi de Suède qui assistaient à la séance, se lève, se retourne vers moi, en m'applaudissant avec de tels transports que je fus prête à me trouver mal de confusion.

Ces jouissances d'amour-propre, dont je vous parle, chère amie, parce que vous avez exigé que je vous dise tout, sont bien loin de pouvoir se comparer à la jouissance que j'éprouvai lorsque, au bout de deux années de mariage, je devins grosse. Mais ici vous allez voir combien cet extrême amour de mon art me rendait imprévoyante sur les petits détails de la vie ; car, tout heureuse que je me sentais à l'idée de devenir mère, les neuf mois de ma grossesse s'étaient passés sans que j'eusse songé le moins du monde à préparer rien

de ce qu'il faut pour une accouchée. Le jour de la naissance de ma fille, je n'ai point quitté mon atelier, et je travaillais à ma Vénus qui lie les ailes de l'Amour, dans les intervalles que me laissaient les douleurs.

Mme de Verdun, ma plus ancienne amie, vint me voir le matin. Elle pressentit que j'accoucherais dans la journée, et, comme elle me connaissait, elle me demanda si j'étais pourvue de tout ce qui me serait nécessaire ; à quoi je lui répondis d'un air étonné que je ne savais pas ce qui m'était nécessaire. « Vous voilà bien, reprit-elle, vous êtes un vrai garçon. Je vous avertis, moi, que vous accoucherez ce soir. — Non! non! dis-je, j'ai demain séance, je ne veux pas accoucher aujourd'hui. » Sans me répondre, Mme de Verdun me quitta un instant pour envoyer chercher l'accoucheur,

(1) Mme Vigée-Le Brun a exposé au Salon de 1785 le portrait de la duchesse de Caderousse, « en vendangeuse ».]

qui arriva presque aussitôt. Je le renvoyai, mais il resta caché chez moi jusqu'au soir, et à dix heures, ma fille vint au monde. Je n'essaierai pas de décrire la joie qui me transporta quand j'entendis crier mon enfant. Cette joie, toutes les mères la connaissent ; elle est d'autant plus vive qu'elle se joint au repos qui succède à des douleurs atroces, et, selon moi, M. Dubuc l'exprimait parfaitement en disant : « Le bonheur, c'est l'intérêt dans le calme ».

Pendant ma grossesse j'avais peint la duchesse de Mazarin, qui n'était plus jeune, mais qui était encore belle ; ma fille avait ses yeux et lui ressemblait pro-

digieusement. Cette duchesse de Mazarin est celle qu'on disait avoir été douée à sa naissance par trois fées : la fée Richesse, la fée Beauté et la fée Guignon. Il est certain que la pauvre femme ne pouvait rien entreprendre, pas même de donner une fête, sans qu'un accident quelconque ne vînt se jeter à la traverse. On a souvent conté plusieurs accidents de sa vie dans ce genre ; en voici un moins connu. Un soir qu'elle donnait à souper à soixante personnes, elle imagine de faire placer au milieu de la table un énorme pâté, dans lequel se trouvaient enfermés une centaine de petits oiseaux vivants. Sur un signe de la duchesse, on ouvre le pâté, et voilà cette volatile effarouchée qui vole sur les visages, qui se niche dans les cheveux des femmes, toutes très parées et coiffées avec soin. Vous imaginez l'humeur, les cris ! On ne pouvait se débarrasser de ces malheureux oiseaux ; enfin on fut obligé de se lever de table, en maudissant une si sotte invention.

La duchesse de Mazarin était devenue fort grosse, on mettait un temps infini à la corser. Une visite lui vint un jour tandis qu'on la laçait, et une de ses femmes courut à la porte, en disant : « N'entrez pas avant que nous ayons arrangé les chairs. » Je me rappelle que cet excès d'embonpoint excitait l'admiration des ambassadeurs turcs. Comme on leur demandait à l'Opéra quelle femme leur plaisait davantage de toutes celles qui remplissaient les loges, ils répondirent sans hésiter que la duchesse de Mazarin était la plus belle, parce qu'elle était la plus grosse.

Puisque je vous parle d'ambassadeurs, je ne veux pas oublier de vous dire comment j'ai peint deux diplomates, qui, pour être cuivrés, n'en avaient pas moins des têtes superbes. En 1788, des ambassadeurs furent envoyés à Paris par l'empereur Tippoo-Saïb. Je vis ces Indiens à l'Opéra, et ils me parurent si extraordinairement pittoresques que je voulus faire leurs portraits. Ayant communiqué mon désir à leur interprète, je sus qu'ils ne consentiraient jamais à se laisser peindre si la demande ne venait pas du roi, et j'obtins cette faveur de Sa Majesté. Je me rendis à l'hôtel qu'ils habitaient (car ils voulaient être peints chez eux), avec de grandes toiles et des couleurs. Quand j'arrivai dans leur salon, un d'eux apporta de l'eau de rose et m'en jeta sur les mains; puis le plus grand, qui s'appelait Davich Khan, me donna séance. Je le fis en pied, tenant son poignard. Les draperies, les mains, tout fut fait d'après lui, tant il se tenait avec complaisance. Je laissai sécher le tableau dans un autre salon et je commençai le portrait du vieux ambassadeur, que je représentai assis avec son fils près de lui. Le père surtout avait une tête superbe. Tous deux étaient vêtus de robes de mousseline blanche, parsemée de fleurs d'or ; et ces robes, espèces de tuniques avec de larges manches plissées en travers, étaient retenues par de riches ceintures. Je finis alors entièrement ce tableau, à l'exception du fond et du bas des robes.

Mme de Bonneuil, à qui j'avais parlé de mes séances, désirait beaucoup voir ces ambassadeurs. Ils nous invitèrent toutes deux à dîner, et nous acceptâmes par pure

VUE DE TRIANON, PRISE DANS LE JARDIN FRANÇAIS

Dessiné par Lespinasse, gravé par Née

curiosité. En entrant dans la salle à manger, nous fûmes un peu surprises de trouver le dîner servi par terre, ce qui nous obligea à nous tenir comme eux, presque couchés autour de la table. Ils nous servirent avec leurs mains ce qu'ils prenaient dans les plats, dont l'un contenait une fricassée de pieds de mouton à la sauce blanche, très épicée, et l'autre, je ne sais quel ragoût. Vous devez penser que nous fîmes un triste repas : il nous répugnait trop de les voir employer leurs mains bronzées en guise de cuillères.

Ces ambassadeurs avaient amené avec eux un jeune homme qui parlait un peu le français. Mme de Bonneuil, pendant les séances, lui apprenait à chanter *Annette à l'âge de quinze ans.* Lorsque nous allâmes faire nos adieux, ce jeune homme nous dit sa chanson, et nous témoigna le regret de nous quitter en disant : « Ah ! comme mon cœur pleure ! » Ce que je trouvai fort oriental et fort bien dit.

Lorsque le portrait de Davich Khan fut sec, je l'envoyai chercher ; mais il l'avait caché derrière son lit et ne voulait point le rendre, prétendant qu'il fallait une âme à ce portrait. Ce refus donna lieu à de forts jolis vers qui me furent adressés et que je copie ici :

A MADAME LE BRUN,

Au sujet du portrait de Davich Khan, et du préjugé des Orientaux contre la peinture.

Ce n'est point aux climats où règnent les sultans
Que le marbre s'anime et la toile respire.
Les préjugés de leurs imans
Du dieu des arts ont renversé l'empire.
Ils ont rêvé qu'*Allah*, jaloux de nos talents,
Doit en jugeant les mondes et les âges,
Donner une âme à ces images
Qui sauvent la beauté du ravage des temps.
Sublime Allah ! tu ris de cette erreur impie !
Tu conviendras, voyant cette copie,
Où l'art de la nature a surpris les secrets,
Que, comme toi, le génie a ses flammes ;
Et que Le Brun, en peignant des portraits,
Sait aussi leur donner une âme.

Je ne pus avoir mon tableau qu'en employant la supercherie ; et lorsque l'ambassadeur ne le retrouva plus, il s'en prit à son valet de chambre qu'il voulait tuer. L'interprète eut toutes les peines du monde à lui faire comprendre qu'on ne tuait pas les valets de chambre à Paris, et fut obligé de lui dire que le roi de France avait fait demander le portrait.

Ces deux tableaux ont été exposés au Salon, en 1789. Après la mort de M. Le Brun, qui s'était emparé de tous mes ouvrages, ils ont été vendus, et j'ignore qui les possède aujourd'hui.

V

LA REINE. — MES SÉANCES A VERSAILLES. — PORTRAITS QUE J'AI FAITS D'ELLE A DIFFÉRENTES ÉPOQUES. — SA BONTÉ. — LOUIS XVI. — DERNIER BAL DE LA COUR A VERSAILLES. — MADAME ELISABETH. — MONSIEUR, FRÈRE DU ROI. — LA PRINCESSE DE LAMBALLE.

C'est en l'année 1779, ma chère amie, que j'ai fait pour la première fois le portrait de la reine, alors dans tout l'éclat de sa jeunesse et de sa beauté. Marie-Antoinette était grande, admirablement bien faite, assez grasse sans l'être trop. Ses bras étaient superbes, ses mains petites, parfaites de forme, et ses pieds charmants. Elle était la femme de France qui marchait le mieux ; portant la tête fort élevée, avec une majesté qui faisait reconnaître la souveraine au milieu de toute sa Cour, sans pourtant que cette majesté nuisît en rien à tout ce que son aspect avait de doux et de bienveillant. Enfin il est très difficile de donner, à qui n'a pas vu la Reine, une idée de tant de grâces et de tant de noblesse réunies. Ses traits n'étaient point réguliers ; elle tenait de sa famille cet ovale long et étroit particulier à la nation autrichienne. Elle n'avait point de grands yeux ; leur couleur était presque bleue ; son regard était spirituel et doux, son nez fin et joli et sa bouche pas trop grande, quoique les lèvres fussent un peu fortes. Mais ce qu'il y avait de plus remarquable dans son visage, c'était l'éclat de son teint.

Je n'en ai jamais vu d'aussi brillant, et brillant est le mot ; car sa peau était si transparente qu'elle ne prenait point d'ombre. Aussi ne pouvais-je en rendre l'effet à mon gré : les couleurs me manquaient pour peindre cette fraîcheur, ces tons si fins qui n'appartenaient qu'à cette char-

LA REINE MARIE-ANTOINETTE

Peinture de Madame Le Brun 1783 (Musée de Versailles

mante figure et que je n'ai retrouvés chez aucune autre femme.

A la première séance, l'air imposant de la reine m'intimida d'abord prodigieusement; mais Sa Majesté me parla avec tant de bonté que sa grâce si bienveillante dissipa bientôt cette impression. C'est alors que je fis le portrait qui la représente avec un grand panier, vêtue d'une robe de satin et tenant une rose à la main. Ce portrait était destiné à son frère, l'empereur Joseph II, et la reine m'en ordonna deux copies : l'une pour l'impératrice de Russie, l'autre pour ses appartements de Versailles ou de Fontainebleau.

J'ai fait successivement à diverses époques plusieurs autres portraits de la Reine. (1) Dans l'un, je ne l'ai peinte que jusqu'aux genoux, avec une robe nacarat et placée devant une table, sur laquelle elle arrange des fleurs dans un vase. On peut croire que je préférais beaucoup la peindre sans grande toilette et surtout sans grand panier. Ces portraits étaient donnés à ses amis, quelques-uns à des ambassadeurs. Un entre autres la représente coiffée d'un chapeau de paille et habillée d'une robe de mousseline blanche dont les manches sont plissées en travers, mais assez ajustées ; quand celui-ci fut exposé au Salon, les méchants ne manquèrent pas de dire que la reine s'était fait peindre en chemise ; car nous étions en 1786, et déjà la calomnie commençait à s'exercer sur elle.

Ce portrait toutefois n'en eut pas moins un grand succès. Vers la fin de l'exposition on fit une petite pièce au Vaudeville, qui, je crois, avait pour titre : *la Réunion des Arts*. Brongniart, l'architecte, et sa femme que l'auteur avait mis dans sa confidence, firent louer une loge aux premières et vinrent me chercher le jour de la première représentation pour me conduire au spectacle. Comme je ne pouvais nullement me douter de la surprise qu'on me

LA LEÇON DE HARPE

D'après Moreau le jeune

(1) Je ne sais pour lequel La Harpe fit les vers suivants :

QUATRAIN POUR LE PORTRAIT DE LA REINE.

Le ciel mit dans ses traits cet éclat qu'on admire ;
France, il le couronna pour ta félicité :
Un sceptre est inutile avec tant de beauté ;
Mais à tant de vertus il fallait un empire.

ménageait, vous pouvez juger de mon émotion lorsque la Peinture arriva et que je vis l'actrice me copier d'une manière surprenante, peignant le portrait de la reine. Au même instant, tout ce qui était au parterre et dans les loges se retourna vers moi en applaudissant à tout rompre ; et je ne crois pas que l'on puisse être à la fois aussi touchée, aussi reconnaissante que je le fus ce soir-là.

MADAME ÉLISABETH DE FRANCE

Peinture de Madame Le Brun (Musée de Versailles)

La timidité que m'avait inspirée le premier aspect de la reine avait entièrement cédé à cette gracieuse bonté qu'elle me témoignait toujours. Dès que Sa Majesté eût entendu dire que j'avais une jolie voix, elle me donnait peu de séances sans me faire chanter avec elle plusieurs duos de Grétry, car elle aimait infiniment la musique, quoique sa voix ne fût pas d'une grande justesse. Quant à son entretien, il me serait difficile d'en peindre toute la grâce, toute la bienveillance ; je ne crois pas que la reine Marie-Antoinette ait jamais manqué l'occasion de dire une chose agréable à ceux qui avaient l'honneur de l'approcher, et la bonté qu'elle m'a toujours témoignée est un de mes plus doux souvenirs.

Un jour il m'arriva de manquer au rendez vous qu'elle m'avait donné pour une séance ; parce que, étant alors très avancée dans ma seconde grossesse, je m'étais sentie tout à coup fort souffrante. Je me hatai le lendemain de me rendre à Versailles pour m'excuser. La reine ne m'attendait pas, elle avait fait atteler sa calèche pour aller se promener, et cette calèche fut la première chose que j'aperçus en entrant dans la cour du Château. Toutefois je ne montais pas moins parler aux garçons de la chambre. L'un d'eux, M. Campan (1), me reçut d'un air sec et froid et me dit d'un ton colère, avec sa voix de stentor : « C'était hier, madame, que Sa Majesté vous attendait, et bien sûrement elle va se promener, et bien sûrement elle ne vous donnera pas séance. » Sur ma réponse, que je venais simplement prendre les ordres de Sa Majesté pour un autre jour, il va trouver la reine, qui me fait entrer aussitôt dans son cabinet. Sa Majesté finissait sa toilette ; elle tenait un livre à la

(1) Ce M. Campan parlait toujours de la reine. Un jour qu'il dinait chez moi, ma fille, qui avait alors sept ans, me dit tout bas : « Maman, ce monsieur, est-ce le roi ? »

UNE FÊTE DE NUIT AU TEMPLE DE L'AMOUR, AU PETIT TRIANON

Dessiné par Lespinasse, gravé par Née

main pour faire répéter une leçon à sa fille, la jeune Madame. Le cœur me battait; car j'avais d'autant plus peur que j'avais tort. La reine se tourna vers moi et me dit avec douceur : « Je vous ai attendue hier toute la matinée, que vous est-il donc arrivé ? — Hélas ! Madame, répondis-je, j'étais si souffrante que je n'ai pu me rendre aux ordres de Votre Majesté. Je viens aujourd'hui pour les recevoir, et je repars à l'instant. — Non ! non ! ne partez pas, reprit la reine ; je ne veux pas que vous ayez fait cette course inutilement. » Elle décommanda sa calèche et me donna séance.

Je me rappelle que dans l'empressement où j'étais de répondre à cette bonté, je saisis ma boîte à couleurs avec tant de vivacité qu'elle se renversa ; mes brosses, mes pinceaux tombèrent sur le parquet; je me baissai pour réparer ma maladresse : « Laissez, laissez, dit la reine, vous êtes trop avancée dans votre grossesse pour vous baisser » ; et, quoi que je puisse dire, elle releva tout elle-même.

Lors du dernier voyage qui s'est fait à Fontainebleau, où la Cour, suivant l'usage, devait être en grande représentation, je m'y rendis pour jouir de ce spectacle. J'y vis la Reine dans la plus grande parure, couverte de diamants, et, comme un magnifique soleil l'éclairait, elle me parut vraiment éblouissante. Sa tête élevée sur son beau col grec lui donnait, en marchant, un air si imposant, si majestueux, que l'on croyait voir une déesse au milieu de ses nymphes.

Pendant la première séance que j'eus de Sa Majesté au retour de ce voyage, je me permis de parler de l'impression que j'avais reçue, et de dire à la reine combien l'élévation de sa tête ajoutait à la noblesse de son aspect. Elle me répondit d'un ton de plaisanterie : « Si je n'étais pas reine, on dirait que j'ai l'air insolent ; n'est-il pas vrai ? »

La reine ne négligeait rien pour faire acquérir à ses enfants ces manières gracieuses et affables qui la rendaient si chère à ceux qui l'entouraient. Je l'ai vue, faisant dîner Madame, alors âgée de six ans, avec une petite paysanne dont elle prenait soin, vouloir que cette petite fût servie la première, en disant à sa fille : « Vous devez lui faire les honneurs. »

La dernière séance que j'eus de Sa Majesté me fut donnée à Trianon, où je fis sa tête pour le grand tableau dans lequel je l'ai peinte avec ses enfants. Je me souviens que le baron de Breteuil, alors ministre, était présent et que, tant que dura la séance, il ne cessa de médire de toutes les femmes de la Cour. Il fallait qu'il me crût sourde ou bien bonne personne, pour ne pas craindre que je pusse rapporter aux intéressées quelques-uns de ces méchants propos. Le fait est que jamais il ne m'est arrivé d'en répéter un seul, quoique je n'en aie oublié aucun.

Après avoir fait la tête de la reine, ainsi que les études séparées du premier dauphin, de Madame Royale et du duc de Normandie, je m'occupai aussitôt de mon tableau auquel j'attachais une grande importance, et je le terminai pour le Salon de 1788. La bordure, ayant été portée seule, suffit pour exciter mille mauvais propos : *Voilà le déficit*, disait-on ; et beaucoup d'autres choses qui m'étaient rapportées et me faisaient prévoir les plus amères critiques.

Enfin j'envoyai mon tableau; mais je n'eus pas le courage de le suivre pour savoir aussitôt quel serait son sort, tant je craignais qu'il fût mal reçu du public ; ma peur était si forte que j'en avais la fièvre. J'allai me renfermer dans ma chambre, et j'étais là, priant Dieu, pour le succès de *ma* Famille royale, quand mon frère et une foule d'amis vinrent me dire que j'obtenais le suffrage général.

Après le Salon, le roi ayant fait apporter ce tableau à Versailles, ce fut M. d'Angiviller, alors ministre des Arts et directeur des bâtiments royaux, qui me présenta à Sa Majesté. Louis XVI eut la bonté de causer longtemps avec moi, de me dire qu'il était fort content ; puis il ajouta, en regardant encore mon ouvrage : « Je ne me connais pas en peinture ; mais vous me la faites aimer. »

Mon tableau fut placé dans une des salles du château de Versailles, et la reine passait devant en allant et en revenant de la messe. A la mort de M. le Dauphin (au commencement de 1789), cette vue lui ranimait si vivement le souvenir de la perte cruelle qu'elle venait de faire, qu'elle ne pouvait plus traverser cette salle sans verser des larmes ; elle dit alors à M. d'Angiviller de faire enlever ce

MONSIEUR, COMTE DE PROVENCE

D'après une estampe en manière noire.

tableau ; mais, avec sa grâce habituelle, elle eut soin de m'en instruire aussitôt, en me faisant savoir le motif de ce déplacement. C'est à la sensibilité de la Reine que j'ai dû la conservation de mon tableau ; car les poissardes et les bandits qui vinrent peu de temps après chercher Leurs Majestés à Versailles l'auraient infailliblement lacéré, ainsi qu'ils firent du lit de la reine, qui a été percé de part en part (1).

Je n'ai jamais eu la jouissance de revoir Marie-Antoinette depuis le dernier bal de la Cour à Versailles ; ce bal se donnait dans la salle de spectacle, et la loge où je me trouvais placée était assez près de la reine pour que je pusse entendre ce qu'elle disait. Je la voyais fort agitée, invitant à danser les jeunes gens de la Cour, tels que M. de Lameth (2) et d'autres, qui tous la refusaient ; si bien que la plupart des contredanses ne purent s'arranger. La conduite de ces messieurs était d'une inconvenance qui me frappa ; je ne ne sais pourquoi leur refus me semblait une sorte de révolte, préludant à des révoltes plus graves. La Révolution approchait ; elle éclata l'année suivante.

A l'exception de M. le comte d'Artois, dont je n'ai pas fait le portrait, j'ai peint successivement toute la famille royale : les enfants de France, Monsieur, frère du roi (depuis Louis XVIII), Ma-

(1) L'auteur introduit ici par confusion un détail de la journée du Dix-Août aux Tuileries. Nous rappelons ce qui a été dit dans l'introduction sur les inexactitudes que renferment les *Souvenirs* ; c'est la couleur générale du récit qui reste vraie].

(2) Cette famille avait été comblée des bontés de la reine.

ARRIVÉE DE MARIE-ANTOINETTE A NOTRE-DAME, POUR L'ACTION DE GRACES DE LA NAISSANCE DU DAUPHIN

Dessin de Moitte, gravure de Née

dame, Mme la comtesse d'Artois et Madame Elisabeth. Les traits de cette dernière n'étaient point réguliers; mais son visage exprimait la plus douce bienveillance, et sa grande fraîcheur était remarquable ; en tout elle avait le charme d'une jolie bergère. Vous n'ignorez pas, chère amie, que Madame Elisabeth était un ange de bonté. Combien de fois ai-je été témoin du bien qu'elle faisait aux malheureux! Son cœur renfermait toutes les vertus; indulgente, modeste, sensible, dévouée, la Révolution l'a conduite à déployer un courage héroïque; on a vu cette douce princesse marcher au-devant des cannibales qui venaient pour assassiner la reine, en disant: « Ils me prendront pour elle ! »

Le portrait que j'ai fait de Monsieur m'a donné l'occasion de connaître un prince dont on pouvait sans flatterie vanter et l'esprit et l'instruction ; il était impossible de ne pas se plaire à l'entretien de Louis XVIII, qui causait sur toutes choses avec autant de goût que de savoir. Quelquefois, pour varier, sans doute, il me chantait, pendant nos séances, des chansons qui n'étaient pas indécentes, mais si communes, que je ne pouvais comprendre par quel chemin de pareilles sottises arrivaient jusqu'à la Cour. Il avait la voix la plus fausse du monde. « Comment trouvez-vous que je chante, Madame Le Brun ? me dit-il un jour. — Comme un prince, Monseigneur », répondis-je.

Le marquis de Montesquiou, grand écuyer de Monsieur, m'envoyait une fort belle voiture à huit chevaux pour me conduire à Versailles et me ramener avec ma mère, que j'avais priée de m'accompagner. Tout le long de la route on se mettait aux fenêtres pour me voir passer, chacun m'ôtait son chapeau; je riais de ces hommages rendus aux huit chevaux et au piqueur qui courait devant ; car, revenue à Paris, je montais en fiacre, et personne ne me regardait plus.

LA PRINCESSE DE LAMBALLE

Gravure de Veit.

Monsieur était alors ce qu'on appelle un libéral dans le sens modéré du mot, vous sentez bien) ; lui et ses courtisans formaient à la Cour un parti très distinct de celui du roi. Aussi ne fus-je point surprise de voir, pendant la Révolution, le marquis de Montesquiou nommé général en chef de l'armée républicaine de Savoie. Je n'eus alors qu'à me rappeler les discours étranges que je lui avais entendu tenir devant moi, sans parler des propos qu'il se permettait si ouvertement contre la reine et tous ceux qu'elle aimait ; quant à Monsieur lui-même, les journaux nous le montrent se rendant à l'Assemblée nationale, pour y dire qu'il ne venait point siéger comme *prince*, mais comme *citoyen*. Je n'en crois pas moins qu'une pareille déclaration ne suffisait pas pour sauver sa tête, et qu'il a fort bien fait un peu plus tard de quitter la France.

A la même époque, j'ai fait aussi le portrait de la princesse de Lamballe. Sans être jolie, elle paraissait l'être à quelque distance ; elle avait de petits traits, un teint éblouissant de fraîcheur, de superbes cheveux blonds, et beaucoup d'élégance dans toute sa personne. L'horrible fin de cette malheureuse princesse est assez connue, de même que le dévouement dont elle a péri victime ; car en 1793 elle était à Turin, à l'abri de tout péril, lorsqu'elle rentra en France dès qu'elle sut la reine en danger.

Me voilà bien loin, chère amie, de l'année 1779 ; mais j'ai préféré vous parler dans une même lettre des rapports que j'ai eus comme artiste avec tous ces grands personnages, dont il n'existe plus aujourd'hui que le comte d'Artois (Charles X) et la fille infortunée de Marie-Antoinette.

VI

VOYAGE EN FLANDRE. — BRUXELLES. — LE PRINCE DE LIGNE. — LE TABLEAU DE L'HÔTEL DE VILLE D'AMSTERDAM. — MA RÉCEPTION À L'ACADÉMIE ROYALE DE PEINTURE. — MON LOGEMENT. — MA SOCIÉTÉ. — MES CONCERTS. — GARAT. — AZEVEDO. — Mme TODI. — VIOTTI. — MAESTRINO. — LE PRINCE HENRY DE PRUSSE. — SALENTIN. — HULMANDEL. — CRAMER. — Mme DE MONTGEROULT. — MES SOUPERS. — JE JOUE LA COMÉDIE EN SOCIÉTÉ. — NOS ACTEURS.

En 1782, M. Le Brun me mena en Flandre où des affaires l'appelaient. On faisait alors à Bruxelles une vente de la superbe collection de tableaux du prince Charles, et nous allâmes voir l'exposition. Je trouvai là plusieurs dames de la Cour qui m'accueillirent avec une extrême bonté, entre autres la duchesse d'Aremberg, que j'avais beaucoup vue à Paris ; mais la rencontre dont je me félicitai le plus fut celle du prince de Ligne, que je ne connaissais point encore, et qui, sous le rapport d'esprit et d'amabilité, a laissé une réputation pour ainsi dire historique. Il nous engagea à venir voir sa galerie, où j'admirai plusieurs chefs-d'œuvre, principalement des portraits de Van Dyck et des têtes de Rubens, car il possédait peu de tableaux italiens. Il voulut aussi nous recevoir dans sa superbe habitation de Bel-Œil. Je me souviens qu'il nous fit monter dans un belvédère, bâti sur le sommet d'une montagne qui dominait toutes ses terres et tout le pays d'alentour. L'air parfait qu'on y respirait, joint à cette belle vue, avait quelque chose d'enchanteur ; mais ce qui effaçait tout dans ce beau lieu, c'était l'accueil d'un maître de maison qui, pour la grâce de son esprit et de ses manières, n'a jamais eu de pareil.

La ville de Bruxelles à cette époque me parut riche et animée. Dans la haute société, par exemple, on s'occupait tellement de plaisirs, que plusieurs amis du prince de Ligne partaient quelquefois de Bruxelles après leur déjeuner, arrivaient à l'Opéra de Paris tout juste à l'heure de voir lever la toile, et, le spectacle fini, retournaient aussitôt à Bruxelles, courant toute la nuit : voilà ce qui s'appelle aimer l'Opéra.

Nous quittâmes Bruxelles pour aller en Hollande et dans la Northollande. La vue de Sardam et de Mars (1) me plut extrêmement : ces deux petites villes sont si propres, si bien tenues, que l'on envie le sort des habitants. Les rues étant fort étroites et bordées de canaux, on n'y va point en voiture, mais à cheval, et l'on se sert de petites barques pour le transport des marchandises. Les maisons, qui sont très basses, ont deux portes : celle de la naissance, puis celle de la mort, par laquelle on ne passe que dans un cercueil. Les toits de ces maisons sont aussi brillants que s'ils étaient d'acier, et tout est si merveilleusement soigné, que je me rappelle avoir vu, en dehors de la boutique d'un maréchal ferrant, une espèce de lanterne dorée et polie comme pour un boudoir.

Les femmes du peuple, dans cette partie de la Hollande, m'ont semblé fort belles, mais si sauvages, que la vue d'un étranger les faisait fuir aussitôt. Elles étaient ainsi alors ; je suppose cependant que le séjour des Français dans leur pays a pu les apprivoiser.

Nous finîmes par visiter Amsterdam, et là je vis à l'hôtel de ville le superbe tableau de Wanols Vander Helst, qui représente les bourgmestres assemblés. Je ne crois pas qu'il existe en peinture rien de plus beau, rien de plus vrai : c'est la nature même. Les bourgmestres sont vêtus

(1) [L'auteur désigne peut-être l'île de Marken.]

MADAME LE BRUN, PAR ELLE-MÊME

Gravure de J.-G. Muller

de noir ; les têtes, les mains, les draperies, tout est d'une beauté inimitable : ces hommes vivent, on se croit avec eux. Je suis persuadée que c'est le tableau de ce genre le plus parfait ; je ne pouvais le quitter, et l'impression qu'il m'a faite me le rend encore présent.

Nous revînmes en Flandre revoir les chefs-d'œuvre de Rubens. Ils étaient bien mieux placés alors qu'ils ne l'ont été depuis au musée de Paris ; tous produisaient un effet admirable dans ces églises flamandes. D'autres chefs-d'œuvre du même maître ornaient des galeries d'amateurs ; à Anvers, je trouvai chez un particulier le fameux *Chapeau de paille*, qui vient d'être vendu dernièrement à un Anglais pour une somme considérable. Cet admirable tableau représente une des femmes de Rubens ; son grand effet réside dans les deux différentes lumières que donne le simple jour et la lueur du soleil, et peut-être faut-il être peintre pour juger tout le mérite d'exécution qu'a déployé là Rubens. Ce tableau me ravit et m'inspira au point que je fis mon portrait à Bruxelles en cherchant le même effet. Je me peignis portant sur la tête un chapeau de paille, une plume et une guirlande de fleurs des champs, et tenant ma palette à la main. Quand le portrait fut exposé au Salon, j'ose vous dire qu'il ajouta beaucoup à ma réputation. Le célèbre Muller l'a gravé ; mais vous devez sentir que les ombres noires de la gravure enlèvent tout l'effet d'un pareil tableau.

Peu de temps après mon retour de Flandre, en 1783, le portrait dont je vous parle et plusieurs autres de mes ouvrages décidèrent Joseph Vernet à me proposer comme membre de l'Académie royale de peinture. M. Pierre, alors premier peintre du roi, s'y opposait fortement, ne voulant pas, disait-il, que l'on reçût des femmes, et pourtant Mme Vallayer-Coster, qui peignait parfaitement les fleurs, était déjà reçue ; je crois même que Mme Vien l'était aussi. Quoi qu'il en soit, M. Pierre, peintre fort médiocre, car il ne voyait dans la peinture que le maniement de la brosse, avait de l'esprit ; de plus, il était riche, ce qui lui donnait les moyens de recevoir avec faste les artistes, qui dans ce temps étaient moins fortunés qu'ils ne le sont aujourd'hui. Son opposition aurait donc pu me devenir fatale, si dans ce temps-là tous les vrais amateurs n'avaient pas été associés à l'Académie de peinture ; ils formaient une cabale pour moi contre celle de M. Pierre et c'est alors qu'on fit ce couplet :

A MADAME LE BRUN.

Sur l'air : *Jardinier, ne vois-tu pas.*

Au Salon ton art vainqueur
Devrait être en lumière.
Pour te ravir cet honneur,
Lise, il faut avoir le cœur
De Pierre, de Pierre, de Pierre.

Enfin je fus reçue et je donnai pour tableau de réception *La Paix qui ramène l'Abondance*. M. Pierre fit alors courir le bruit que c'était par ordre de la cour qu'on me recevait. Je pense bien en effet que le Roi et la Reine étaient assez bons pour désirer me voir entrer à l'Académie ; mais voilà tout.

Je continuais à peindre avec fureur ; j'avais souvent trois séances dans la même journée, et celles de l'après-dîner, qui me fatiguaient à l'excès, amenèrent un délabrement d'estomac tel, que je ne digérais plus rien, en sorte que je maigrissais à faire peur. Mes amis me firent ordonner alors par le médecin de dormir tous les jours après mon dîner. D'abord j'eus quelque peine à prendre cette habitude ; mais on m'enfermait dans ma chambre, les rideaux fermés, et peu à peu le sommeil arriva. Je suis persuadée que je dois la vie à cette ordonnance. Vous savez, chère amie, combien je tiens à ce que j'appelle mon *calme*. C'est qu'un travail forcé, joint à la fatigue de mes longs voyages, me l'a rendu tout à fait nécessaire ; sans ce court et léger repos, dont j'ai conservé l'habitude, je n'existerais plus. Tout ce que je puis reprocher à cette *sieste* obligée, c'est de m'avoir privée sans retour du plaisir d'aller dîner en ville ; et comme je consacrais la matinée entière à la peinture, il ne m'a jamais été permis de voir mes amis que le soir. Il est vrai qu'alors, aucune des jouissances qu'offre le monde ne m'était refusée, car je passais mes soirées dans la société la plus aimable et la plus brillante.

Après mon mariage, je logeais encore

rue de Cléry, où M. Le Brun avait un grand appartement, fort richement meublé, dans lequel il plaçait ses tableaux de tous les grands maîtres. Quant à moi, je m'étais réduite à occuper une petite antichambre,

LA PAIX QUI RAMÈNE L'ABONDANCE

Peinture de Madame Le Brun (1783), gravure de Viel (1789)

et une chambre à coucher qui me servait de salon. Cette chambre était tendue de papier, pareil à la toile de Jouy des rideaux de mon lit. Les meubles en étaient fort simples, trop simples peut-être, ce qui n'a pas empêché M. de Champcenetz (vu que sa belle-mère était jalouse de moi) d'écrire que *Mme Le Brun avait des lambris dorés, qu'elle allumait son feu avec des billets de caisse, et qu'elle ne brûlait que du bois d'aloès;* mais je tarde autant que possible, chère amie, à vous parler des mille calomnies dont j'ai été victime; nous y viendrons. Ce qui les explique, ces calomnies, c'est que, dans le modeste appartement dont je vous parle, je recevais chaque soir la ville et la Cour. Grandes dames, grands seigneurs, hommes marquants dans les lettres et dans les arts, tout arrivait dans cette chambre; c'était à qui serait de mes soirées, où souvent la foule était telle que, faute de siège, les maréchaux de France s'asseyaient par terre, et je me rappelle que le maréchal de Noailles, très gros et très âgé, avait la plus grande peine à se relever. J'étais bien loin de me flatter, comme vous pouvez croire, que tous vinssent pour moi. Ainsi qu'il arrive dans les maisons ouvertes, les uns venaient pour trouver les autres, et le plus grand nombre pour entendre la meilleure musique qui se fit alors à Paris. Les compositeurs célèbres : Grétry, Sacchini, Martini, faisaient souvent entendre chez moi les morceaux de leurs opéras avant la première représentation. Nos chanteurs habituels étaient Garat, Azevedo, Richer, Mme Todi, ma belle-sœur, qui avait une très belle voix et pouvait tout accompagner à livre ouvert, ce qui nous était fort utile. Moi-même je chantais quelquefois, sans méthode à la vérité, car je n'avais jamais eu le temps de prendre des leçons, mais ma voix était assez agréable ; cet aimable Grétry disait que j'avais des sons argentés. Au reste, il fallait mettre à part toutes prétentions pour chanter avec ceux que je viens de nommer ; car Garat surtout peut être cité comme le talent le plus extraordinaire qu'on ait jamais entendu. Non seulement il n'existait pas de difficultés pour ce gosier si flexible ; mais, sous le rapport de l'expression, il n'avait pas de rival, aussi personne je crois, n'a chanté Gluck aussi bien que lui. Quant à Mme Todi, elle réunissait à une voix superbe toutes les qualités d'une grande cantatrice, et elle chantait le bouffon et le sérieux avec la même perfection.

Pour la musique instrumentale, j'avais comme violoniste Viotti, dont le jeu, plein de grâce, de force et d'expression, était si ravissant ! Jarnovick, Maestrino, le prince Henri de Prusse, excellent amateur, qui de plus m'amenait son premier violon.

GRÉTRY

Peinture de Madame Le Brun, gravure de Cathelin (1780)

Salentin jouait du hautbois, Hulmandel et Cramer du piano. Mme de Mongeroult vint aussi une fois, peu de temps après son mariage. Quoiqu'elle fût très jeune alors, elle n'en étonna pas moins toute ma société, qui vraiment était fort difficile, par son admirable exécution et surtout par son expression; elle faisait parler les touches. Depuis, et déjà placée au premier rang comme pianiste, vous savez combien Mme de Montgeroult s'est distinguée comme compositeur. A l'époque où je donnais mes concerts, on avait le goût et le temps de s'amuser ; et même quelques années plus tôt, l'amour de la musique était si général, qu'il avait élevé des querelles sérieuses entre ce qu'on appelait les gluckistes et les piccinistes.

Tous les amateurs s'étaient séparés en deux partis acharnés l'un contre l'autre. Le champ de bataille ordinaire était le jardin du Palais-Royal. Là, les partisans de Gluck et les partisans de Piccini disputaient avec une telle violence qu'il s'en est suivi plus d'un duel. On se querellait bien aussi dans plusieurs salons pour ces deux

grands maîtres. Marmontel et l'abbé Arnault se trouvaient en opposition; car Marmontel était picciniste, et l'abbé, gluckiste forcené. Tous deux se lançaient des épigrammes, des couplets. L'abbé Arnault, par exemple, fit les vers suivants :

Ce Marmontel, si lent, si lourd,
Qui ne parle pas, mais qui beugle,
Juge la peinture en aveugle,
Et la musique comme un sourd.

Marmontel répondit par ce couplet :

L'abbé Fatras,
De Carpentras,
Demande un bénéfice.
Il l'obtiendra
Car l'Opéra
Lui tient lieu de l'office.

Convenez, ma chère, que c'était un heureux temps que le temps où les sujets de trouble n'étaient pas plus graves, et ne pouvaient naître qu'entre gens éclairés; mais je reviens à mes concerts.

Les femmes qui s'y trouvaient habituellement étaient la marquise de Groslier, Mme de Verdun, la marquise de Sabran, qui depuis a épousé le chevalier de Boufflers, Mme Le Couteulx du Molay, toutes quatre mes meilleures amies, la comtesse de Ségur, la marquise de Rougé, Mme de Pezé, son amie, que j'ai peinte avec elle dans le même tableau, une foule d'autres dames françaises, que, vu la petitesse du local, je ne pouvais recevoir que plus rarement, et les étrangères les plus distinguées. Quant aux hommes, il serait trop long de vous les nommer, attendu que je crois avoir vu chez moi tout ce que Paris renfermait de gens à talent et de gens d'esprit.

Je choisissais dans cette foule les plus aimables pour les inviter à mes soupers, que l'abbé Delille, Lebrun le poète, le chevalier de Boufflers, le vicomte de Ségur et d'autres rendaient les plus amusants de Paris.

On ne saurait juger ce qu'était la société en France, quand on n'a pas vu le temps où, toutes les affaires du jour terminées, douze ou quinze personnes aimables se réunissaient chez une maîtresse de maison, pour y finir leur soirée. L'aisance, la douce gaieté, qui régnaient à ces légers repas du soir, leur donnaient un charme que les dîners n'auront jamais. Une sorte de confiance et d'intimité régnait entre les convives; et comme les gens de bon ton peuvent toujours bannir la gêne sans inconvénient, c'était dans les soupers que la bonne société de Paris se montrait supérieure à celle de toute l'Europe.

Chez moi, par exemple, on se réunissait vers neuf heures. Jamais on ne parlait politique; mais on causait de littérature, on racontait l'anecdote du jour. Quelquefois nous nous amusions à jouer des charades en action, et quelquefois aussi l'abbé Delille ou Lebrun (Pindare) nous lisaient quelques-uns de leurs vers. A dix heures, on se mettait à table; mon souper était des plus simples. Il se composait toujours d'une volaille, d'un poisson, d'un plat de légumes et d'une salade; en sorte que, si je me laissais entrainer à retenir quelques visites, il n'y avait réellement plus de quoi manger pour tout le monde; mais peu importait, on était gai, on était aimable, les heures passaient comme des minutes, et, vers minuit, chacun se retirait.

Non seulement j'avais des soupers chez moi, mais je soupais fréquemment en ville; car je ne pouvais disposer de mon temps que le soir. Il m'était doux alors de me reposer de mon travail par quelque distraction agréable. Tantôt c'était un bal, bal où l'on n'étouffait point comme aujourd'hui. Huit personnes seulement formaient la contredanse, et les femmes qui ne dansaient pas pouvaient au moins voir danser; car les hommes se tenaient debout derrière elles. N'ayant jamais aimé la danse, je préférais de beaucoup les maisons où l'on faisait de la musique. J'allais souvent passer la soirée chez M. de Rivière, nous y jouions la comédie et l'opéra-comique. Sa fille, ma belle-sœur, chantait à merveille, et pouvait passer pour une excellente actrice. Le fils aîné de M. Rivière était charmant dans les rôles comiques, et l'on m'avait donné l'emploi des soubrettes dans l'opéra et dans la comédie. Mme La Ruette, retirée du théâtre depuis plusieurs années, ne dédaignait point notre troupe. Elle a joué avec nous dans divers opéras, et sa voix était encore fraiche et fort belle. Mon frère Vigée jouait les premiers rôles avec un véritable succès; enfin, tous nos acteurs étaient excellents, excepté Talma. Vous rirez sans doute? Le fait est que Talma, qui jouait les amoureux avec nous, était gauche, embarrassé, et que personne alors n'aurait pu prévoir qu'il deviendrait un acteur inimitable. Ma surprise a été grande, je l'avoue, quand j'ai vu notre jeune premier surpasser Larive et remplacer Lekain. Mais le temps qu'il a fallu pour opérer cette métamorphose et toutes celles du même genre me prouve qu'un talent dramatique est de tous les talents celui qui s'acquiert le plus tard. Remarquez bien qu'on ne connaît pas un seul grand acteur qui l'ait été dans sa jeunesse.

Cette lettre est énorme. Je n'ai plus d'espace pour vous parler d'un certain souper grec, dont le bruit, grâce aux sots propos du monde, s'est répandu jusqu'à Pétersbourg, et je finis en vous embrassant.

VII

SOUPER GREC. — PROPOS AUXQUELS IL DONNE LIEU. — CE QU'IL M'A COUTÉ. — M. NAGEOT. — M. DE CALONNE. — MOT DE Mlle ARNOULT. — CALOMNIES DE M. DE S***. — SA PERFIDIE.

Voici, ma chère amie, le récit exact du souper le plus brillant que j'aie donné, à l'époque où l'on parlait sans cesse de mon luxe et de ma magnificence.

Un soir, que j'avais invité douze ou quinze personnes à venir entendre une lecture du poète Lebrun, mon frère me lut pendant mon calme quelques pages du *Voyage d'Anacharsis*. Quand il arriva à l'endroit où, en décrivant un dîner grec, on explique la manière de faire plusieurs sauces : « Il faudrait, me dit-il, faire goûter cela ce soir. » Je fis aussitôt monter ma cuisinière, je la mis bien au fait; et nous convînmes qu'elle ferait une certaine sauce pour la poularde, et une autre pour l'anguille. Comme j'attendais de fort jolies femmes, j'imaginai de nous costumer tous à la grecque, afin de faire une surprise à M. de Vaudreuil et à M. Boutin, que je savais ne devoir arriver qu'à dix heures.

Mon atelier, plein de tout ce qui me servait à draper mes modèles, devait me fournir assez de vêtements, et le comte de Parov, qui logeait dans ma maison, rue de Cléry, avait une superbe collection de vases étrusques. Il vint précisément chez moi ce jour-là, vers quatre heures. Je lui fis part de mon projet, en sorte qu'il m'apporta une quantité de coupes, de vases, parmi lesquels je choisis. Je nettoyai tous ces objets moi-même, et je les plaçai sur une table de bois d'acajou, dressée sans nappe. Cela fait, je plaçai derrière les chaises un immense paravent, que j'eus soin de dissimuler en le couvrant d'une draperie, attachée de distance en distance, comme on en voit dans les tableaux du Poussin. Une lampe suspendue donnait une forte lumière sur la table; enfin tout était préparé, jusqu'à mes costumes, lorsque la fille de Joseph Vernet, la charmante Mme Chalgrin, arriva la première. Aussitôt je la coiffe, je l'habille. Puis vint Mme de Bonneuil, si remarquable par sa beauté ; Mme Vigée, ma belle-sœur, qui, sans être aussi jolie, avait les plus beaux yeux du monde, et les voilà toutes trois métamorphosées en véritables Athéniennes. Lebrun-Pindare entre : on lui ôte sa poudre, on défait ses boucles de côté, et je lui ajuste sur la tête une couronne de laurier, avec laquelle je venais de peindre le jeune prince Henry Lubomirski en Amour de la Gloire. Le comte de Paroy avait justement un grand manteau pourpre, qui me servit à draper mon poète, dont je fis en un clin d'œil Pindare, Anacréon. Puis vint le marquis de Cubières. Tandis que l'on va chercher chez lui une guitare qu'il avait fait monter en lyre dorée, je le costume ; je costume aussi M. de Rivière (frère de ma belle-sœur), Ginguené et Chaudet, le fameux sculpteur.

MÉNAGEOT

Peinture de Madame Le Brun
(Musée de Versailles).

L'heure avançait; j'avais peu de temps pour penser à moi ; mais comme je portais toujours des robes blanches en forme de tunique (ce qu'on appelle à présent des blouses), il me suffit de mettre un voile et une couronne de fleurs sur ma tête. Je soignai principalement ma fille, charmante enfant, et Mlle de Bonneuil, qui était belle comme un ange. Toutes deux étaient ravissantes à voir, portant un vase antique très léger, et s'apprêtant à nous servir à boire. A neuf heures et demie, les préparatifs étaient terminés et, dès que nous fûmes tous placés, l'effet de cette table était si neuf, si pittoresque, que nous nous levions, chacun à notre tour, pour aller regarder ceux qui restaient assis. A dix heures, nous entendîmes entrer la voiture du comte de Vaudreuil et de Boutin, et quand ces deux messieurs arrivèrent devant la porte de la salle à manger, dont j'avais fait ouvrir les deux battants, ils nous trouvèrent chantant le chœur de Gluck : *Le dieu de Paphos et de Cnide*, que M. de Cubières accompagnait avec sa lyre. De mes jours je n'ai vu deux figures aussi étonnées, aussi stupéfaites que celles de M. de Vaudreuil et de son compagnon. Ils étaient surpris et charmés, au point qu'ils restèrent un temps infini debout, avant de se décider à prendre de places que nous avions gardées pour eux.

Outre les deux plats dont je vous ai déjà parlé, nous avions pour souper un gâteau fait avec du miel et du raisin de Corinthe, et deux plats de légumes. A la vérité,

CALONNE, MINISTRE D'ÉTAT, CONTRÔLEUR GÉNÉRAL DES FINANCES

Peinture de Madame Le Brun, gravure de Bréa

nous bûmes ce soir-là une bouteille de vieux vin de Chypre dont on m'avait fait présent : voilà tout l'excès. Nous n'en restâmes pas moins très longtemps à table, où Lebrun nous récita plusieurs odes d'Anacréon qu'il avait traduites, et je ne crois pas avoir jamais passé une soirée aussi amusante.

M. Boutin et M. de Vaudreuil en étaient tellement enthousiasmés qu'ils en parlèrent le lendemain à toutes leurs connaissances. Quelques femmes de la Cour me demandaient une seconde représentation de cette plaisanterie. Je refusai pour différentes raisons, et plusieurs d'entre elles furent blessées de mon refus. Bientôt le bruit se répandit dans le monde que ce souper m'avait coûté vingt mille francs. Le roi en parla avec humeur au marquis de Cubières, qui fort heureusement avait été un de nos convives, et qui convainquit Sa Majesté de la sottise d'un pareil propos.

Néanmoins, ce que l'on tenait à Versailles au prix modeste de vingt mille francs, fut porté à Rome à quarante mille ; à Vienne, la baronne de Strogonoff m'apprit que j'avais dépensé soixante mille francs pour mon souper grec ; vous savez qu'à Pétersbourg la somme est enfin restée fixée à quatre-vingt mille. Et la vérité est que ce souper m'a coûté quinze francs.

Ce qu'il y a de plus triste dans tout cela, c'est que ces indignes mensonges étaient colportés dans l'Europe par mes propres compatriotes, et la ridicule calomnie dont je vous parle n'est pas la seule dont on ait cherché à tourmenter ma vie ; témoin ces vers que Lebrun-Pindare m'adressa en 1789, et que peut-être vous ne connaissez pas :

A MADAME LE BRUN

Chère Le Brun, la gloire a ses orages ;
L'Envie est là qui guette le talent :
Tout ce qui plaît, tout mérite excellent
Doit de ce monstre essuyer les outrages.
Qui mieux que toi les mérita jamais ?
Un pinceau mâle anime tes portraits.
Non, tu n'es plus femme que l'on renomme :
L'Envie est juste et ses cris obstinés
Et ses serpents contre toi déchaînés
Mieux que nos voix te déclarent grand homme.

Mettant à part l'exagération avec laquelle le poète parle de mon talent, il reste malheureusement trop vrai que, dès mon début dans le monde, je me suis vue en butte à la sottise et à la méchanceté. D'abord mes ouvrages n'étaient point de moi ; M. Ménageot peignait mes tableaux et jusqu'à mes portraits ; quoique tant de personnes à qui je donnais séance pussent naturellement porter témoignage du contraire, ce bruit absurde ne s'en propagea pas moins jusqu'à l'époque où je fus reçue de l'Académie royale de peinture. Comme alors j'exposai au Salon où l'auteur du *Méléagre* exposait aussi, il fallut bien reconnaître la vérité ; car Ménageot, dont au reste j'appréciais infiniment le talent et même les conseils, avait une manière de peindre entièrement opposée à la mienne (1).

Quoique je fusse, je crois, l'être le plus inoffensif qui ait jamais existé, j'avais des ennemis. Non seulement quelques femmes m'en voulaient de n'être pas aussi laide qu'elles, mais plusieurs peintres ne me pardonnaient pas d'avoir la vogue, et de faire payer mes tableaux plus cher que les leurs ; il en résultait contre moi mille propos de toute nature, dont un surtout m'affligea profondément. Peu de temps avant la Révolution, je fis le portrait de M. de Calonne, et je l'exposai au Salon de 1785 ; j'avais peint ce ministre assis jusqu'à mi-jambe, ce qui fit dire à Mlle Arnould en le regardant : « Mme Le Brun lui a coupé les jambes, afin qu'il reste en place. » Malheureusement ce propos spirituel ne fut pas le seul auquel mon tableau donna lieu ; je me vis en butte, en cette occasion, à des calomnies du genre le plus odieux. D'abord on fit courir mille contes absurdes sur le paiement du portrait ; les uns prétendaient que le contrôleur général m'avait donné un grand nombre de ces bonbons qu'on appelle papillottes, enveloppés dans des billets de caisse ; d'autres,

(1) Les tableaux de Ménageot sont parfaitement bien composés et d'un bon style historique. Ce peintre excellait dans la manière de draper. Son *Léonard de Vinci mourant dans les bras de François Ier* est très remarquable, mais ne vaut pas le *Méléagre* que l'on garde aux Gobelins depuis nombre d'années pour l'exécuter en tapisserie. M. Ménageot était un très bel homme, parfaitement aimable, spirituel et très gai ; aussi le recherchait-on dans la meilleure société.

que j'avais reçu, dans un pâté, une somme assez forte pour ruiner le Trésor ; enfin, mille versions plus ridicules les unes que les autres. Le fait est que M. de Calonne m'avait envoyé quatre mille francs en billets, dans une boite qui a été estimée vingt louis. Quelques-unes des personnes qui se trouvaient chez moi quand je reçus la boite existent encore et peuvent le certifier. On fut même étonné de la modicité de cette somme ; car, peu de temps auparavant,

M. de Beaujon, que je venais de peindre de même grandeur, m'avait envoyé huit mille francs, sans qu'on s'avisât de trouver ce prix trop énorme. Toutefois, le canevas fourni, les méchants s'en emparèrent pour le broder. J'étais harcelée de libelles, qui tous m'accusaient de vivre en liaison intime avec M. de Calonne. Un nommé Gorsas, que je n'ai jamais vu ni connu, et que l'on m'a dit être un jacobin forcené, vomissait des horreurs contre moi.

Le malheur voulut que M. Le Brun qui, contre mon gré, faisait bâtir une maison rue du Gros-Chenet, donnât par là prétexte à la calomnie. Certainement lui et moi nous avions gagné assez d'argent pour nous permettre une pareille dépense; cependant certaines gens soutenaient que M. de Calonne payait cette maison (1). « Vous voyez, disais-je sans cesse à M. Le Brun, quels infâmes propos l'on tient ! — Laissez-les dire, me répondait-il dans une sainte colère ; quand vous serez morte, je ferai élever dans mon jardin une pyramide qui ira jusqu'au ciel, et je ferai graver dessus la liste de vos portraits; on saura bien alors à quoi s'en tenir sur votre fortune. » Mais j'avoue que l'espoir d'un pareil honneur me consolait peu de mon chagrin présent; ce chagrin était d'autant plus vif, que personne moins que moi n'avait craint de pouvoir devenir l'objet d'une pensée avilissante. J'avais sur l'argent une telle insouciance, que je n'en connaissais presque pas la valeur : la comtesse de la Guiche, qui vit encore, peut affirmer qu'étant venue chez moi pour me demander de faire son portrait, et me disant qu'elle ne pouvait y mettre que mille écus, je répondis que M. Le Brun ne voulait point que j'en fisse à moins de cent louis. Ce défaut de calcul m'a été fort désavantageux pendant mon dernier voyage à Londres; j'oubliais constamment que les guinées valaient plus d'un louis, et pour mes portraits, entre autres pour celui de M. Canning (en 1803), je faisais mon compte comme si j'étais à Paris.

Tous ceux qui m'entouraient, de plus, savent que M. Le Brun s'emparait en totalité de l'argent que je gagnais, me disant qu'il le ferait valoir dans son commerce ; je ne gardais souvent que six francs dans ma poche. Lorsque, en 1788, je fis le portrait du beau prince Lubomirski, alors adolescent, sa tante, la princesse Lubomirska, m'envoya douze mille francs, sur lesquels je priai M. Le Brun de me laisser deux louis ; mais il me refusa, prétendant avoir besoin de la somme entière pour solder tout de suite un billet. Il était plus habituel, au reste, que M. Le Brun touchât lui-même, et très souvent il négligeait de me dire que l'on m'avait payée. Une seule fois dans ma vie, au mois de septembre 1789, j'ai reçu le prix d'un portrait ; c'était

(1) Il l'aurait payée bien tard : car elle ne l'a été tout à fait qu'à mon retour de Russie en 1801, M. Le Brun m'avait laissé ce soin, à mon grand désappointement.

celui du bailli de Crussol, qui m'envoya cent louis. Heureusement mon mari était absent, en sorte que je pus garder cette somme, qui, peu de jours après (le 5 octobre), me servit pour aller à Rome.

Mon indifférence pour la fortune tenait sans doute alors au peu de besoin que j'avais d'être riche. Ce qui rendait ma maison agréable n'exigeant aucun luxe, j'ai toujours vécu fort modestement. Je dépensais extrêmement peu pour ma toilette : on me reprochait même trop de négligence, car je ne portais que des robes blanches, de mousseline ou de linon, et je n'ai jamais fait faire de robes parées que pour mes séances à Versailles. Ma coiffure ne me coûtait rien, j'arrangeais mes cheveux moi-même, et le plus souvent je tortillais sur ma tête un fichu de mousseline, ainsi qu'on peut le voir dans mes portraits à Florence, à Pétersbourg et à Paris, chez M. de Laborde. Dans tous mes portraits enfin, je me suis peinte ainsi, excepté dans celui qui est au ministère de l'Intérieur, où je suis costumée à la grecque.

Certes, ce n'était pas une telle femme que pouvait séduire le titre de receveur général des Finances, et, sous tout autre rapport, M. de Calonne m'a toujours semblé peu séduisant ; car il portait une perruque fiscale. Une perruque ! jugez comme avec mon amour du pittoresque, j'aurais pu m'accoutumer à une perruque ! je les ai toujours eues en horreur, au point de refuser un riche mariage, parce que le prétendant portait perruque ; et je ne peignais qu'à regret les hommes coiffés ainsi.

Ce qu'il y a d'ailleurs de surprenant dans cette affaire, c'est que rien n'avait pu prêter une ombre de vraisemblance à la calomnie ; je connaissais à peine M. de Calonne. Une seule fois dans ma vie j'avais été chez lui au ministère des Finances ; il donnait una grande soirée au prince Henri de Prusse, et, ce prince venant habituellement chez moi, il avait jugé convenable de m'inviter ; enfin je me souviens d'avoir hâté son portrait au point de ne pas faire les mains d'après lui, quoique j'eusse l'habitude de les faire toujours d'après mes modèles.

Je n'aurais donc jamais imaginé de quelle source pouvaient naître ces propos désolants, sans la découverte que je fis plus tard d'une perfidie digne de l'enfer.

M. de Calonne allait très souvent rue du Gros-Chenet (où je ne logeais pas encore à cette époque), chez Mme de S***, femme de D***, surnommé le Roué (1). Mme de S*** avait un charmant et doux visage, quoiqu'on pût remarquer quelque chose de faux dans son regard, et M. de Calonne en était très amoureux. Dans le temps dont je vous parle, elle m'avait priée de faire son portrait, et, comme un jour elle prenait séance, elle me demanda avec son air de douceur habituel si je voulais lui prêter ma voiture le soir, pour aller au spectacle ; j'y consentis, et mon cocher alla la prendre chez elle. Le lendemain matin, je demandai mes chevaux pour onze heures ; mais, à onze heures, cocher, voiture, rien n'était rentré. Je dépêche aussitôt quelqu'un chez Mme de S*** ; Mme de S*** n'était point de retour ; elle avait passé la nuit à l'hôtel des Finances ! Jugez de ma colère, quand je l'appris quelques jours après par mon cocher, auquel un bon pourboire ne ferma pas la bouche, et qui conta le fait à plusieurs personnes de la maison. En pensant que, si les gens de l'hôtel des Finances ou d'autres avaient demandé à cet homme le nom de ses maîtres, cet homme avait dû répondre naturellement qu'il appartenait à Mme Le Brun, j'étais tout à fait hors de moi. Il est inutile d'ajouter que n'ai jamais revu Mme de S***, qui, m'a-t-on dit, vit à Toulouse et s'est jetée dans la plus austère dévotion. Que Dieu lui pardonne ! A-t-elle voulu sauver sa réputation aux dépens de la mienne ? Me haïssait-elle ? Je ne sais ; mais elle m'a fait bien du mal ; car les longs détails dans lesquels je viens d'entrer, chère amie, vous prouvent assez combien j'ai souffert d'une calomnie qui s'appliquait si mal et à mon caractère et à la conduite de toute une vie, que j'ose dire avoir été honorable.

Voilà vraiment une triste lettre, faite

(1) Ces noms sont les seuls que Mme Vigée-Le Brun dissimule dans ses *Souvenirs*. Il s'agit de la comtesse de Serre, femme de Jean Du Barry, le fameux « Roué », qui se faisait alors appeler à Toulouse le comte de Serre. Le ménage séjourna à Paris en 1785.

pour dégoûter de la célébrité, surtout lorsqu'on a le malheur d'être femme. Quelqu'un me disait un jour : « Quand je vous regarde et que je songe à votre renommée, il me semble voir des rayons autour de votre tête. — Ah! répondis-je en soupirant, il y a bien quelques petits serpents dans ces rayons-là. » En effet, a-t-on jamais vu une grande réputation, dans quelque genre que ce soit, ne pas attirer l'envie ? Il est vrai qu'elle attire aussi près de vous vos contemporains les plus distingués, et cet entourage console de beaucoup de choses. Quand je songe à tant de gens aimables et bons, dont j'ai dû l'amitié à mon talent, je me félicite d'avoir fait connaître mon nom; et, pour tout dire en un mot, chère amie, quand je pense à vous, j'oublie les méchants.

VIII

LEKAIN. — BRIZARD. — Mlle DUMESNIL. — MONVEL. — Mlle RAUCOURT. — Mlle SAINVAL. — M. VESTRIS. — LARIVE. — Mlle CLAIRON. — TALMA. — PRÉVILLE. — DUGAZON. — Mlle DOLIGNY. — Mlle CONTAT. — MOLÉ. — FLEURY. — Mlle MARS. — Mlle ARNOULD. — Mme SAINT-HUBERTI. — LES DEUX VESTRIS. — Mlle PESLIN. — Mlle ALLARD. — Mlle GUIMARD. — GARAT. — CAILLOT. — LARUETTE. — Mme DUGAZON.

Un de mes plus doux délassements était d'aller au spectacle, et je puis vous dire qu'il brillait sur la scène des acteurs si admirables, que beaucoup d'entre eux n'ont jamais été remplacés. Je me souviens parfaitement d'avoir vu jouer le célèbre Lekain : quoique je fusse trop jeune alors pour apprécier son grand talent, les applaudissements, les transports unanimes qu'il excitait me prouvaient assez combien ce tragédien était supérieur. La laideur de Lekain, toute prodigieuse qu'elle fût, disparaissait dans certains rôles. Le costume de chevalier, par exemple, adoucissait l'expression sévère et repoussante d'une figure dont tous les traits étaient irréguliers, en sorte qu'on pouvait le regarder quand il jouait Tancrède ; mais dans le rôle d'Orosmane, où je l'ai vu une fois, j'étais placée fort près de la scène, et le turban le rendait si hideux, bien que j'admirasse sa noble et belle manière, qu'il me faisait peur.

A l'époque où Lekain jouait les premiers rôles, et même assez longtemps après, j'ai vu Brizard ainsi que Mlle Dumesnil. Brizard remplissait les rôles de pères ; la nature semblait l'avoir créé pour cet emploi ; ses cheveux blancs, sa taille imposante, son superbe organe lui donnaient le caractère le plus noble, le plus respectable qu'on puisse imaginer. Il excellait surtout dans *Le Roi Lear* et dans l'*Œdipe* de Ducis. Vous auriez réellement cru voir ces deux vieux princes si malheureux et si touchants, tant il y avait de grandiose dans l'aspect de celui qui les représentait.

Mlle Dumesnil, quoique petite et fort laide, excitait des transports dans les grands rôles tragiques. Son talent était fort inégal : elle tombait parfois dans la trivialité, mais elle avait des moments sublimes. En général, elle exprimait mieux la fureur que la tendresse, si ce n'est la tendresse maternelle, car un de ses plus beaux rôles était Mérope. Il arrivait quelquefois à Mlle Dumesnil de jouer une partie de la pièce sans produire aucun effet ; puis, tout à coup, elle s'animait ; son geste, son organe, son regard, tout devenait si éminemment tragique qu'elle enlevait les suffrages de toute la salle. On m'a assuré qu'avant de paraître en scène elle buvait une bouteille de vin et qu'elle s'en faisait tenir une autre en réserve dans les coulisses.

Un des acteurs les plus remarquables du Théâtre-Français, dans la tragédie et la haute comédie, était Monvel. Quelques désavantages physiques et la faiblesse de son organe l'ont empêché de se placer au premier rang, mais son âme, sa chaleur, et surtout l'extrême justesse de sa diction, ne laissaient rien à désirer. A mon retour en France il avait quitté les rôles de jeunes premiers pour ceux des pères nobles. Je lui ai vu jouer alors Auguste de *Cinna* et l'abbé de l'Épée d'une manière admirable ; dans ce dernier rôle il était si parfait de naturel, qu'un jour, au moment où, en quittant la scène, il saluait les personnages de la pièce, je me levai et je lui rendis

MADAME MOLÉ-REYMOND

Peinture de Madame Le Brun — Gravure de Massard

son salut. Les personnes qui étaient avec moi dans la loge s'en amusèrent beaucoup.

Le début le plus brillant que je me rappelle avoir vu est celui de Mlle Raucourt dans le rôle de Didon. Elle avait tout au plus dix-huit ou vingt ans. La beauté de son visage, sa taille, son organe, sa diction, tout en elle promettait une actrice parfaite;

elle joignait à tant d'avantages un air de décence remarquable et une réputation de sagesse austère qui la firent rechercher alors par nos plus grandes dames ; on lui donnait des bijoux, ses habits de théâtre, et de l'argent pour elle et pour son père qui ne la quittait jamais. Plus tard, elle a bien changé de manière d'être : on prétend que l'heureux mortel, qui le premier triompha de tant de vertus, fut le marquis de Bièvres, et que, lorsqu'elle le quitta pour un autre amant, il s'écria : *Ah ! l'ingrate a ma rente !* Si Mlle Raucourt n'est point restée sage, elle est restée grande tragédienne ; mais sa voix est devenue tellement rauque et dure, que, si l'on fermait les yeux, on croyait entendre un homme. Elle n'a quitté qu'à sa mort le théâtre, où elle finit par jouer les rôles de mères et de reines avec infiniment de succès.

J'ai vu jouer aussi Mlles Sainval et Mme Vestris, sœur de Dugazon. Les deux premières pleuraient un peu trop constamment ; mais elles me semblaient, surtout la cadette, plus tragédiennes que Mme Vestris qui, toute belle qu'elle était, n'a jamais obtenu de grands succès, si ce n'est dans le rôle de Gabrielle de Vergy, où l'effet qu'elle produisait, au dernier acte, était déchirant ; il faut dire aussi que cette scène est horrible.

Larive, qui pour son malheur succédait à Lekain, dont on n'avait point encore perdu le souvenir, avait plus de talent que les vieux amateurs ne voulaient lui en reconnaitre ; la comparaison seule lui faisait tort, car il ne manquait ni de noblesse ni d'énergie. Son visage était beau ; il était grand, bien fait, mais jamais d'aplomb sur ses jambes, ce qui faisait dire qu'il marchait à côté de lui.

Larive avait très bon ton et causait avec esprit, même de choses qui n'avaient point rapport à son art, en sorte qu'il voyait la bonne compagnie. Mon frère me le présenta, et comme je le savais lié intimement avec Mlle Clairon, je lui témoignai une fois le désir de rencontrer cette grande tragédienne que je n'avais jamais vue jouer. Il m'engagea aussitôt à dîner chez lui pour me faire trouver avec elle, ce que j'acceptai. Deux jours après, je me rendis à la maison qu'il avait fait construire et qu'il habitait dans le Gros-Caillou. Cette maison était charmante, arrangée avec un goût parfait, outre qu'un fort beau jardin y faisait jouir dans Paris du charme de la campagne. Larive me promena dans ses berceaux, sous ses vignes grimpantes à la manière antique, comme on en voit aux environs de Naples ; et, comme nous venions de rentrer dans le salon pour dîner, on annonça Mlle Clairon. Je me l'étais figurée très grande ; elle était au contraire fort petite et fort maigre. Elle tenait sa tête extrêmement élevée, ce qui lui donnait de la dignité. Du reste, je n'ai jamais entendu parler avec autant d'amphase ; car elle conservait toujours le ton tragique et les airs d'une princesse ; mais elle me parut instruite et spirituelle. J'étais à table à côté d'elle, et je jouis beaucoup de sa conversation. Larive lui témoignait un respect profond ; les égards qu'il avait pour elle annonçaient à la fois de l'admiration et de la reconnaissance ; c'était sous ces deux rapports en effet que sans cesse il parlait d'elle.

Lorsque je suis rentrée en France, j'ai été charmée de revoir Larive que j'ai rencontré souvent à Epinay chez la marquise de Grollier. N'étant plus au théâtre alors, il habitait une charmante campagne, située près de là, et Mme de Grollier était enchantée de ce voisinage. Il nous faisait des lectures ravissantes ; la manière dont il disait les vers acquérait un nouveau prix de la beauté de son organe.

Talma, notre dernier grand acteur tragique, a, selon moi, surpassé tous les autres. Il y avait du génie dans son jeu. On peut dire de plus qu'il a révolutionné l'art : d'abord en faisant disparaitre la déclamation ampoulée et maniérée, par sa diction naturelle et vraie ; ensuite, en forçant à l'innovation dans les costumes, attendu qu'il s'habillait en Grec et en Romain pour jouer Achille et Brutus, ce dont je lui sus un gré infini. Talma avait une des plus belles têtes, un des visages les plus mobiles qu'on pût voir ; et, si loin qu'allât la chaleur de son jeu, il restait toujours noble, ce qui me semble une première qualité dans l'acteur tragique. Son organe était quelquefois un peu sourd ; il convenait mieux aux rôles furieux ou profonds qu'il ne convenait aux rôles brillants : aussi était-il principalement admirable dans ceux d'Oreste et de Manlius; mais, dans tous, il avait plusieurs moments sublimes. Le dernier qu'il ait composé n'a point été joué depuis lui. Personne n'oserait, je crois; car Talma s'y était montré supérieur à lui-même ; ce n'était plus un acteur, c'était bien Charles VI, un malheureux roi, un malheureux fou, dans son effrayante vérité. Hélas ! la mort a suivi de près le triomphe; et ce que tout Paris applaudissait avec de si grands transports, c'était le chant du cygne.

Talma était un homme excellent, et le plus facile à vivre qu'on puisse rencontrer. Il faisait habituellement peu de frais dans la société ; il fallait, pour l'animer, qu'un mot de la conversation remuât un intérêt de son cœur ou de son esprit; alors il était fort intéressant à entendre, principalement quand il parlait de son art.

La comédie a peut-être encore été plus riche en talents que la tragédie. J'ai eu souvent le bonheur de voir jouer Préville. Voilà l'acteur parfait, inimitable ! Son jeu, plein d'esprit, de naturel, de gaieté, était aussi le plus varié. Jouait-il tour à tour Crispin, Sosie, Figaro, vous ne reconnaissiez pas le même homme, tant les nuances de son comique étaient inépuisables; aussi n'a-t-on point remplacé Préville. Il était si parfaitement *vrai* par nature, que tous ceux qui depuis ont voulu l'imiter ne sont parvenus qu'à nous montrer sa charge. Je n'en excepte point Dugazon, qui certes avait un grand talent, mais qui, dans le rôle de Figaro du *Barbier de Séville*, par exemple, n'a jamais approché de son modèle.

J'ai plusieurs fois dîné avec Préville ; il était rare de rencontrer un aussi aimable convive ; sa gaieté si spirituelle nous charmait tous. Il racontait à merveille une foule

MADAME SAINT-HUBERTI

Dessin de Le Moine, gravure de Colinet

d'anecdotes extrêmement piquantes, et l'on recherchait avec empressement les occasions de se trouver avec lui.

Dugazon, son successeur dans les rôles comiques, eût été un excellent comédien si l'envie de faire rire le public ne l'eût pas entraîné souvent jusqu'à la farce. Il jouait admirablement bien certains rôles de valet; il avait du mordant, un masque parfait, et peut-être aurait-il égalé Préville s'il avait dédaigné la charge. Mais ce qui peut faire croire que sa nature le portait à ce misérable genre, c'est que la nuance qui existait à la scène entre lui et son devancier se montrait aussi dans les salons où Préville était un homme aimable et Dugazon un farceur de beaucoup d'esprit. On ne le recevait donc quelquefois que pour amuser les convives ; car il était fort amusant, surtout après dîner. Dugazon a été atroce pendant la Révolution ; il fut un de ceux qui allèrent chercher le roi à Varennes, et un témoin oculaire m'a dit l'avoir vu à la portière de la voiture, le fusil sur l'épaule. Notez que cet homme avait été comblé des bienfaits de la Cour, et principalement par M. le comte d'Artois.

Je me souviens d'avoir vu Mˡˡᵉ Doligny dans les rôles de jeunes premières, qu'elle jouait avec une rare perfection. Elle avait à la fois tant de vérité, d'esprit et de décence, que son grand talent faisait tout à fait oublier sa laideur. J'ai vu aussi débuter Mˡˡᵉ Contat. Elle était extrêmement jolie et bien faite, mais si mauvaise dans les premiers temps, que personne ne pouvait prévoir qu'elle deviendrait une aussi excellente actrice. Sa charmante figure ne suffisait pas toujours pour la mettre à l'abri des sifflets, lorsque Beaumarchais lui confia le rôle de Suzanne dans *le Mariage de Figaro*. A partir de ce moment, elle marcha de succès en succès : d'abord dans l'emploi des grandes coquettes, puis enfin dans des rôles plus convenables à son âge, et surtout à sa taille qui, par malheur, avait pris trop d'embonpoint.

Mˡˡᵉ Contat avait épousé M. de Parny, neveu du célèbre poète de ce nom ; mais son mariage ne fut déclaré qu'à l'époque où elle quitta le théâtre ; elle a conservé jusqu'à sa mort un visage charmant ; je n'ai jamais vu de sourire plus enchanteur ; comme elle avait infiniment d'esprit, sa conversation était tout à fait piquante, et je la trouvais si aimable que je l'invitais souvent à venir chez moi.

Mˡˡᵉ Contat était admirablement bien secondée dans tous ses rôles par Molé, qui jouait presque toujours avec elle. Molé, sans jamais avoir égalé Préville, était pourtant un grand acteur; il avait de la grâce et de la dignité ; il tenait la scène, comme on dit ; outre que j'ai peu vu de talent aussi varié, et surtout aussi brillant qu'était le sien. Je l'ai reçu chez moi plusieurs fois ; quoique son jeu fût très spirituel, Molé n'avait rien de remarquable dans un salon sous le rapport de l'amabilité, si ce n'est un excellent ton.

Fleury, qui, après l'avoir doublé, lui a succédé dans les grands rôles, est le dernier qui nous ait conservé les traditions de la haute comédie. Il avait moins de verve et moins d'élévation que Molé; mais personne n'a joué comme lui les jeunes grands seigneurs. Comme il avait beaucoup d'esprit et de fort bonnes manières, il voyait souvent de près la haute société, et il en avait si bien saisi les usages, les agréments et les travers qu'il nous offrait encore, il y a peu d'années, une copie parfaite de modèles qui avaient disparu.

A l'époque où tous les grands acteurs dont je vous parle commençaient à vieillir, il s'élevait près d'eux un jeune talent, qui fait aujourd'hui l'ornement de la scène française : Mˡˡᵉ Mars jouait alors avec une perfection inimitable les rôles d'ingénues ; elle excellait dans celui de Victorine du *Philosophe sans le savoir*, et dans vingt autres pour lesquels on ne l'a jamais remplacée ; car il est impossible d'être aussi vraie, aussi touchante : c'était la nature dans tout son charme. Quand vous avez vu Mˡˡᵉ Mars, ma chère amie, elle avait déjà pris l'emploi de Mˡˡᵉ Contat, qu'elle seule pouvait faire oublier. Vous vous souvenez bien certainement de sa jolie figure, de sa charmante taille, et de sa voix, la voix des anges? Heureusement ce visage, cette taille, cet organe enchanteur se conservent si parfaitement que Mˡˡᵉ Mars n'a point d'âge, n'en aura je crois jamais ; et chaque soir le public par ses transports lui prouve qu'il est de mon avis.

Je me rappelle avoir vu jouer deux fois Mˡˡᵉ Arnould au grand Opéra, dans *Castor et Pollux*. J'étais peu capable alors de juger son talent d'actrice ; je me souviens cependant qu'elle me parut avoir de la grâce et de l'expression. Quant à son talent comme cantatrice, la musique de ce temps-là m'ennuyait si horriblement que j'écoutais trop mal pour en pouvoir parler. Mˡˡᵉ Arnould n'était point jolie ; sa bouche déparait son visage, ses yeux seulement lui donnaient une physionomie où se peignait l'esprit remarquable qui l'a rendue célèbre. On a répété et imprimé un nombre infini de ses bons mots, en voici un que je ne crois pas connu, et que je trouve fort comique : elle assistait au mariage de sa fille, avec la mère, la tante, et plusieurs autres honnêtes femmes parentes de son gendre ; pendant la cérémonie nuptiale, Mˡˡᵉ Arnould se retourne et leur dit : « C'est plaisant ! je suis la seule demoiselle qui se trouve ici. »

Une femme dont le talent supérieur nous a ravis longtemps a succédé à Mˡˡᵉ Arnould. C'était Mᵐᵉ Saint-Huberti, qu'il faut avoir entendue pour savoir jusqu'où peut aller l'effet de la tragédie lyrique. Mᵐᵉ Saint-Huberti non seulement avait une voix superbe, mais elle était encore grande actrice, le bonheur a voulu qu'elle eût à chanter les opéras de Piccini, de Sacchini, de Gluck, et cette musique si belle, si expressive, convenait parfaitement à son talent plein d'expression, de vérité et de grandiose. Il est impossible d'être plus touchante qu'elle ne l'était dans les rôles d'Alceste, de Didon, etc. ; toujours vraie, toujours noble, ses accents arrachaient les larmes de toute la salle, et je me souviens encore de certains mots, de certaines notes auxquelles il était impossible de résister.

Mᵐᵉ Saint-Huberti n'était point jolie, mais son visage était ravissant de physionomie et d'expression. Le comte d'Entraigues, très bel homme, et très distingué par son esprit, en devint tellement amoureux qu'il l'épousa. La Révolution ayant éclaté, il se réfugia à Londres avec elle. C'est là qu'un soir, comme ils montaient en voiture, ils furent assassinés tous les deux, sans qu'on ait jamais pu découvrir ni les assassins ni les motifs d'une pareille horreur.

Sous le rapport du chant, tout l'Opéra se composait pour moi de Mᵐᵉ Saint-Huberti ; je ne vous dirai donc rien de ceux

L'ACTEUR CAILLOT

Peinture de Voiriot — Gravure de Miger

qui chantaient avec elle, car je les écoutais à peine ; j'aimais mieux réserver une partie de mon attention pour les ballets, où se montraient alors plusieurs talents remarquables. Gardel et Vestris père tenaient le premier rang. Je les ai vus souvent danser ensemble, notamment dans une chaconne de je ne sais quel opéra de Grétry, chaconne qui, je crois, a fait courir tout Paris ; c'était un pas de deux dans lequel les deux coryphées poursuivaient Mlle Guimard, fort petite et fort maigre ; ce qui fit dire qu'ils avaient l'air de deux grands chiens qui se disputaient un os. Gardel m'a toujours semblé fort inférieur à Vestris père, qui était grand, très bel homme, et parfait dans la danse noble et grave. Je ne saurais vous dire avec quelle grâce il ôtait et remettait son chapeau, au salut qui précédait le menuet ; aussi toutes les jeunes femmes de la Cour, avant leur présentation, prenaient-elles quelques leçons de lui pour faire les trois révérences.

A Vestris père a succédé Vestris fils, le danseur le plus surprenant qu'on puisse voir, tant il avait à la fois de grâce et de légèreté. Quoique nos danseurs actuels n'épargnent point les pirouettes, personne bien certainement n'en fera jamais autant qu'il en a fait, puis, tout à coup, il s'élevait au ciel d'une manière si prodigieuse, qu'on lui croyait des ailes ; ce qui faisait dire au père Vestris : « Si mon fils touche la terre, c'est seulement par procédé pour ses camarades. »

Mlle Pélin et Mlle Allard étaient deux danseuses du genre qu'on appelle *grotesque* en Italie. Elles faisaient des tours de force, des pirouttes sans fin et sans charme ; mais toutes deux, bien qu'elles fussent très grasses, étaient vraiment surprenantes par leur agilité ; Mlle Allard surtout.

Mlle Guimard avait un tout autre genre de talent ; sa danse n'était qu'une esquisse ; elle ne faisait que de petits pas, mais avec des mouvements si gracieux, que le public la préférait à toute autre danseuse ; elle était petite, mince, très bien faite ; et, quoique laide, elle avait des traits si fins, qu'à l'âge de quarante-cinq ans elle semblait, sur la scène, n'en avoir pas plus de quinze.

A l'instar, et même en rival heureux du grand Opéra, j'ai vu s'élever l'Opéra-Comique, qui prenait la place de ce qu'on nommait la *Comédie Italienne*. J'aurais peine à vous dire quelque chose de cette Comédie Italienne, si je ne me rappelais que j'y suis allé voir jouer Carlin, dont, toute jeune que j'étais, le souvenir m'est resté. Carlin jouait l'arlequin dans des pièces à canevas, espèces de proverbes, qui nécessitent des acteurs spirituels. Ses saillies inépuisables, le naturel et la gaieté de son jeu, faisaient de lui un acteur tout à fait à part. Quoique fort gros, il avait dans les mouvements une lestesse surprenante ; on m'a dit qu'il étudiait ses gestes, si moelleux et si gracieux, en regardant jouer de jeunes chats, dont il est très vrai qu'il avait la souplesse. Lui seul suffisait pour attirer le public, pour remplir la salle et charmer les spectateurs ; quand il a disparu, la Comédie Italienne a fini.

La troupe lyrique qui l'a remplacée possédait plus d'un talent remarquable et chantait les opéras de Duni, de Philidor, de Grétry, etc. Un des acteurs les plus aimés du public était Caillot ; il a quitté le théâtre lorsque j'étais encore fort jeune ; je l'ai pourtant vu jouer deux fois dans *Annette et Lubin*. Sa belle physionomie, si gaie, si animée, et sa superbe voix, seraient restées dans ma mémoire, lors même que je n'aurais pas eu plus tard le plaisir de jouer la comédie avec lui en société. Au moment de ses plus grands succès, il lui arriva sur la scène un léger accident du gosier, auquel sont exposés tous les chanteurs ; une huée étant alors partie de la salle, Caillot s'en trouva tellement offensé, qu'il quitta le théâtre le soir même, et, depuis, les plus vives instances ne purent le faire consentir à reparaître devant le public.

Outre son grand talent, Caillot avait beaucoup d'esprit ; il était charmant en société où sa gaieté si franche amenait la joie ; il racontait à merveille, et chez le comte de Vaudreuil, à Gennevilliers, il rendait les cercles et les repas tout à fait amusants, tantôt par une anecdote piquante, tantôt en nous chantant, avec sa belle voix, les romances et les chansons qui se faisaient alors. Comme il était grand chasseur, on le mettait de toutes les parties de chasse. Le comte de Vaudreuil, pour lequel il avait été si aimable, lui fit donner par monseigneur le comte d'Artois un petit castel, nommé le Belloi, qui se trouve au bout de la terrasse de Saint-Germain et qui avait un fort joli jardin.

Caillot vivait là le plus heureux des hommes avec sa femme et son enfant. J'ai été passer quelques jours chez lui, et, dans son bonheur, il me rappelait exactetement ce Lubin, dont je lui avais vu si bien jouer le rôle. M. le comte d'Artois, en lui faisant don du petit castel, l'avait nommé capitaine des chasses de tout l'arrondissement. Il en portait l'uniforme, et c'est avec cet habit que je l'ai peint, tenant son fusil sur l'épaule. Sa belle et riante physionomie m'inspirait au point que j'ai fait ce portrait en une séance.

Lorsque la Révolution arriva, Caillot fut très suspecté, comme ayant reçu des bienfaits d'un prince. On m'a dit, mais je ne veux pas le croire, qu'il s'était montré ingrat, et qu'il avait joué le rôle de jacobin. Si la chose est vraie, je suis persuadée que la peur et sa femme lui avaient tourné la tête. J'ai des raisons pour croire que sa femme était fort révolutionnaire : en 1791, je reçus à Rome, où j'étais alors, une lettre dans laquelle elle m'engageait à rentrer en France, me disant que nous serions tous égaux, et qu'enfin ce serait l'*âge d'or*. Heureusement je ne la crus pas ; car on sait quel âge d'or a suivi ! Peu de temps après avoir reçu cette lettre, j'appris que Mme Caillot s'était jetée par la fenêtre de désespoir.

Laruette et sa femme sont restés au théâtre plus tard que Caillot. Tous deux étaient excellents dans leur genre. Mais Mme Laruette surtout jouait avec un charme, une finesse, chantait avec un goût et une expression indicibles. Elle avait plus de cinquante ans qu'elle n'en paraissait pas avoir seize, tant sa taille était jeune et ses traits délicats. Non seulement elle n'était pas ridicule dans les rôles naïfs, mais elle était charmante ; et jamais peut-être les transports et les regrets du public n'ont été aussi loin que le jour où, quittant enfin le théâtre, elle joua pour la dernière fois, dans *Isabelle et Gertrude*, et dans je ne sais quel autre opéra, les deux plus jeunes rôles du répertoire. Quoique je l'aie très peu vue jouer, je me la rappelle parfaitement.

J'arrive enfin à celle dont j'ai pu suivre toute la carrière dramatique, au talent le plus parfait que l'Opéra-Comique ait possédé, à Mme Dugazon.

L'ACTEUR CAILLOT DANS LE ROLE DE TOM JONES

Gravure contemporaine

Jamais on n'a porté sur la scène autant de vérité. Mme Dugazon avait un de ces talents de nature qui semblent ne rien devoir à l'étude. On n'apercevait plus l'actrice ; c'était Babet, c'était la comtesse d'Albert ou Nicolette. Noble, naïve, gracieuse, piquante, elle avait vingt physionomies, de même qu'elle faisait toujours entendre l'accent propre au personnage, et son chant n'annonçait aucune autre prétention. Elle avait meme la voix assez faible, mais cette voix suffisait au rire, aux larmes, à toutes les situations, a tous les rôles. Grétry et Dalayrac, qui ont travaillé pour elle, en étaient fous, et j'en étais folle.

Ce dernier mot me rappelle un rôle, dans lequel on a toujours vainement essayé de la copier. Jamais on n'a pu nous rendre Nina. Nina, tout à la fois si décente et si passionnée, et si malheureuse, si touchante, que son aspect seul faisait fondre en larmes les spectateurs. Je crois avoir vu *Nina* vingt fois au moins, et chaque fois mon attendrissement a été le même. J'étais trop enthousiaste de Mme Dugazon pour ne pas l'engager souvent a venir souper chez moi. Nous remarquions que, si elle venait de jouer *Nina*, elle conservait encore les yeux un peu hagards, en un mot, qu'elle restait Nina toute la soirée. C'était bien certainement à cette faculté de se pénétrer aussi profondément de son rôle qu'elle devait l'étonnante perfection de son talent.

MADAME DUGAZON, DANS LE RÔLE DE NINA

Peinture de Dutertre — Gravure de Janinet

Mme Dugazon était royaliste de cœur et d'âme. Elle en donna la preuve au public à une époque fort avancée de la Révolution, un soir qu'elle jouait la soubrette des *Événements imprévus*. La reine assistait à ce spectacle, et dans un duo que le valet commence en disant : *J'aime mon maître tendrement*, Mme Dugazon, qui devait répondre : *Ah! comme j'aime ma maîtresse* se tourna vers la loge de Sa Majesté, mit la main sur son cœur, et chanta sa réplique d'une voix émue, en s'inclinant vers la reine. On m'a dit qu'un peu plus tard, le public, et quel public ! voulut tirer vengeance de ce noble mouvement en s'obstinant à lui faire chanter je ne sais quelle horreur, qu'on chantait alors tous les soirs sur la scène. Mme Dugazon ne céda point : elle quitta le théâtre.

La longueur démesurée de cette lettre vous prouve, chère amie, que j'ai beaucoup aimé moi-même à jouer la comédie ; car je ne vous ai point épargné les détails. Adieu.

IX

CHANTILLY. — LE RAINCY. — Mme DE MONTESSON. — LA VIEILLE PRINCESSE DE CONTI. — GENNEVILLIERS. — NOS SPECTACLES. — LE MARIAGE DE FIGARO. — BEAUMARCHAIS. — M. ET Mme DE VILLETTE. — MOULIN JOLI. — WATELET. — M. DE MORFONTAINE. — LE MARQUIS DE MONTESQUIOU. — MON HOROSCOPE.

Il m'était impossible, à mon grand regret, de rester longtemps à la campagne ; mais je ne me refusais pas le plaisir d'y passer souvent plusieurs jours de suite, et j'étais invitée dans les plus beaux lieux voisins de Paris. J'ai pu voir, par exemple, les fêtes magnifiques de Chantilly, que le prince de Condé, celui que vous avez vu revenir en France avec Louis XVIII, savait si bien ordonner, et dont il faisait si bien les honneurs. Vous connaissez le superbe château de Chantilly. Son immense galerie était garnie alors d'armures françaises de différents siècles, dont quelques-unes par leur lourdeur et leur dimension semblaient avoir été faites pour des géants ; ce qui, je trouve, ornait à merveille l'habitation d'un descendant du grand Condé. On voyait au bout de cette galerie le masque de Henri IV, moulé sur lui sitôt après sa mort, et auquel étaient encore attachés quelques poils des sourcils du bon roi. Je ne sais ce qu'est devenu ce masque, que l'on a beaucoup reproduit en plâtre ; quant aux armures, elles ont été pillées pendant la Révolution, et plusieurs sont maintenant rassemblées dans un musée.

Ce château avait je ne sais quoi de grandiose, qui le rendait digne de ses maîtres. La salle à manger était d'une beauté remarquable : entre des colonnes de marbre se trouvaient placées de larges coupes, en marbre aussi, qui recevaient des cascades d'eau limpide et sans cesse renouvelée. Cette salle semblait être en plein air, son effet était magique. Le parc dans son immense étendue donnait l'idée d'une féerie avec ses lacs, ses rivières bordées de mille fleurs. Ce hameau charmant, dont les chaumières à l'intérieur brillaient de la plus grande magnificence, tout enfin faisait de Chantilly un séjour admirable ; aussi les étrangers s'y rendaient-ils en foule, à l'époque dont je vous parle, à cette heureuse époque où le maître de ce beau lieu y vivait adoré de tous les habitants, qu'ils comblait de ses bienfaits et qui l'ont si vivement regretté.

En 1782, j'ai séjourné quelque temps au Raincy, le duc d'Orléans, père de Philippe-Egalité, qui l'habitait alors, m'y fit venir pour y faire son portrait et celui de Mme de Montesson. A l'exception du plaisir que je pris à voir de grandes parties de chasse, je m'ennuyai passablement au Raincy ; mes séances finies, je n'avais de société qui me fût agréable que celle de Mme Berthollet, fort aimable femme, qui jouait fort bien de la harpe. Saint-Georges, le mulâtre si fort et si adroit, était du nombre des chasseurs. J'ai compris là comment il est des hommes, et surtout des princes, qui deviennent passionnés de la chasse ; cet exercice, lorsque beaucoup de monde s'y trouve réuni, donne vraiment un grand spectacle. Ce mouvement général, joint aux sons des cors, a bien quelque chose de belliqueux.

A propos de ce voyage, je ne puis me rappeler aujourd'hui sans rire une particularité, qui dans le temps me scandalisa beaucoup. Pendant que Mme de Montesson me donnait séance, la vieille princesse de Conti vint un jour lui faire une visite, et cette princesse, en me parlant, m'appela toujours « mademoiselle ». Il est vrai que jadis toutes les grandes dames en agissaient ainsi avec leurs inférieures. Mais cette morgue de la cour avait fini avec Louis XV. J'étais cependant alors sur le point d'accoucher de mon premier enfant ce qui rendait la chose tout à fait étrange.

Si mon voyage au Raincy me parut peu réjouissant, il n'en était pas de même de ceux que je faisais à Gennevilliers, qui appartenait alors à M. le comte de Vaudreuil, un des hommes les plus aimables que l'on put voir. Gennevilliers n'était nullement pittoresque ; le comte de Vaudreuil avait acheté cette propriété en grande partie pour monseigneur le comte d'Artois, parce qu'elle renfermait de beaux cantons de chasse, et l'avait embellie autant qu'il était possible.

La maison était meublée dans le

meilleur goût, quoique sans magnificence ; il s'y trouvait une salle de comédie, petite, mais charmante, dans laquelle ma

MADAME DUGAZON DANS LE ROLE DE MARINE DE « LA COLONIE »

Ou naïve, ou sublime, ou fidèle, ou parjure ;
Son jeu toujours piquant, délicat et sans fard ;
Sait prêter des charmes à l'art
Et des grâces à la nature.

Gravure contemporaine

belle-sœur, mon frère, M. de Rivière et moi nous avons joué plusieurs opéras-comiques, avec Mme Dugazon, Garat, Caillot et Laruette.

Ces deux derniers, qui étaient alors retirés du théâtre, jouaient admirablement, et avec un tel naturel, qu'un jour, comme ils répétaient ensemble la scène des deux pères dans *Rose et Colas*, je crus qu'ils causaient entre eux, et je leur dis : « Allons, il faut commencer la répétition. »

On m'avait donné le rôle de Rose ; Garat jouait assez gauchement celui de Colas ; mais il chantait si bien ! il était surtout délicieux de l'entendre dans la *Colonie*, dont la musique est ravissante à mon goût.

Il avait pris le rôle de Saint-Albe, moi celui de Marine, et ma belle-sœur celui de la comtesse, qu'elle jouait comme un ange. Elle et M. de Rivière étaient vraiment des acteurs ; ils auraient pu briller même au théâtre.

M. le comte d'Artois et sa société venaient à nos spectacles.

J'avoue que tout ce beau monde me donnait la peur au point que, la première fois qu'ils y vinrent, sans que j'en fusse prévenue, je ne voulus plus jouer ; la crainte de désobliger les amis qui jouaient avec moi me décida seule à entrer en scène : aussi M. le comte d'Artois, avec sa grâce ordinaire, vint-il entre les deux pièces nous encourager par tous les compliments imaginables.

Le dernier spectacle qui fut donné dans la salle de Gennevilliers fut une représentation du *Mariage de Figaro* par les acteurs de la Comédie-Française. Je me rappelle que Mlle Sainval jouait la comtesse, Mlle Olivier le page ; et que Mlle Contat était charmante dans le rôle de Suzanne. Il fallait néanmoins que Beaumarchais eût cruellement harcelé M. de Vaudreuil pour parvenir à faire jouer sur ce théâtre une pièce aussi inconvenante sous tous les rapports. Dialogue, couplets, tout était dirigé contre la Cour, dont une grande partie se trouvait là, sans parler de la présence de notre excellent prince. Chacun souffrait de ce manque de mesure ; mais Beaumarchais n'en était pas moins ivre de bonheur : il courait de tous côtés, comme un homme hors de lui-même ; et, comme on se plaignait de la chaleur, il ne donna pas le temps d'ouvrir les fenêtres, et cassa tous les carreaux avec sa canne, ce qui fit dire, après la pièce, qu'il avait doublement cassé les vitres.

Le comte de Vaudreuil dut se repentir doublement aussi d'avoir accordé sa protection à l'auteur du *Mariage de Figaro*.

Peu de temps après cette représentation, Beaumarchais lui fait demander un rendez-vous qu'il obtient aussitôt, et il arrive à Versailles de si bonne heure, que le comte venait à peine de se lever. Il parle alors d'un projet de finance qu'il vient d'imaginer et qui devait lui rapporter des trésors ; puis il finit par proposer à M. de Vaudreuil une somme considérable s'il veut se charger de faire réussir l'affaire. Le comte l'écouta avec le plus grand calme, et quand Beaumarchais a tout dit : « Monsieur de Beaumarchais, lui répondit-il, vous ne pouviez venir dans un moment plus favorable ; car j'ai passé une bonne nuit, j'ai bien digéré et jamais je ne me suis mieux porté qu'aujourd'hui ; si vous m'aviez fait hier une pareille proposition, je vous aurais fait jeter par la fenêtre. »

Une des belles campagnes que j'aie vues était Villette. La marquise de Villette « Belle et Bonne » m'ayant engagée à venir l'y voir, j'y suis allée passer quelques jours, et je retrouve dans mes papiers de fort jolis vers que M. de Villette fit pour mon arrivée. Je les copie ici, en vous priant toutefois de ne pas oublier que c'est un poète qui parle :

BEAUMARCHAIS

Dessin de Cochin, gravure de Saint-Aubin (1773)

J'avais lu dans les vieux auteurs
Que les dieux autrefois visitaient les pasteurs,
Et qu'ils venaient charmer leur belle solitude :
J'aimais à me bercer de ces douces erreurs.
Embellir ces forêts devint ma seule étude,
J'y créai des jardins, je les semai de fleurs :
Mais des dieux vainement j'attendais la présence.
O sublime Le Brun ! vous, l'orgueil de la France,
Dont l'esprit créateur, dont l'immortel crayon
De plaire et d'étonner a la double puissance,

Et fait naître l'amour par l'admiration,
La Gloire qui vous accompagne
Agrandit ce petit château;
Elle ranime la campagne;
Vous nous rendez le jour plus beau,
Et vous réalisez nos châteaux en Espagne.

WATELET

Dessin de Cochin, gravure de Lempereur

Nous trouvâmes une fois dans ce beau parc un homme qui peignait des barrières. Ce barbouilleur était si expéditif que M. de Villette lui en fit compliment. « Moi! répondit il, je me fait fort d'effacer en un jour tout ce que Rubens a peint dans sa vie. »

Mme de Villette recevait avec grace, et faisait à merveille les honneurs de sa maison. Ce qui doit compléter son éloge à vos yeux, c'est qu'elle était extrêmement bienfaisante; j'ai vu dans son parc une élévation circulaire et naturelle, où l'on m'a dit qu'elle rassemblait les jeunes filles du village, pour les instruire comme aurait pu le faire un maître d'école.

Ah! que j'aurais aimé, chère amie, me promener avec vous dans les bois de Moulin-Joli! Voilà un de ces lieux qu'on n'oublie pas : si beau, si varié, pittoresque, élyséen, sauvage, ravissant enfin! Représentez-vous une grande île, couverte de bois, de jardins, de vergers que la Seine coupait par le milieu. On passait d'un bord à l'autre sur un pont de bateaux, garni des deux côtés par des caisses remplies de fleurs, que l'on renouvelait à chaque saison, et des bancs placés de distance en distance, vous permettaient de jouir longtemps d'un air parfumé et de points de vues admirables; de loin, ce pont qui se répétait dans l'eau produisait un effet charmant. Des arbres de haute futaie, d'un ton très vigoureux, bordaient la rivière à droite; à gauche la rive était couverte d'énormes peupliers et de grands saules pleureurs, dont les branches à douce verdure tombaient en berceau; un de ces saules, entre autres, formait une énorme voûte, sous laquelle on se reposait. On

VUE D'UN JARDIN ANGLAIS, APPELÉ LE MOULIN-JOLI,

à deux lieues de Paris, appartenant à M. Watelet, receveur général des finances

Dessin de Daubigny, gravure de Née

rêvait avec délices. Je ne puis vous dire combien je me sentais heureuse dans ce beau lieu, auquel, à mon gré, je n'ai rien vu de comparable.

Cet élysée appartenait à un homme de ma connaissance, M. Watelet, grand amateur des arts et auteur d'un poeme sur la peinture ; M. Watelet était un homme distingué, d'un caractère doux et liant, qui s'était fait beaucoup d'amis. Dans son ile enchantée, je le trouvais en harmonie avec tout ce qui l'entourait ; il y recevait avec grâce et simplicité une société peu nombreuse, mais parfaitement bien choisie. Une amie (Marguerite Lecomte), à laquelle il était attaché depuis trente ans, était établie chez lui : le temps avait sanctifié pour ainsi dire leur liaison, au point qu'on les recevait ensemble dans la meilleure compagnie, ainsi que le mari de la dame, qui, chose assez bizarre, ne la quittait jamais.

Plus tard, en 1788, Moulin-Joli fut acheté par un nommé M. Gaudran, riche commerçant, qui m'invita avec ma famille à y venir passer un mois. Ce nouveau propriétaire n'entendait rien au pittoresque ; je vis avec peine qu'il avait déjà gâté quelques parties de cet élysée; heureusement les plus grandes beautés etaient restées intactes. Robert, le peintre de paysage, et moi nous retrouvâmes tout l'enchantement que ce lieu nous avait fait éprouver. C'est pendant ce voyage que je fis un de mes meilleurs portraits, celui de Robert, la palette à la main. Lebrun-Pindare composa son *Exegi monumentum*, ce morceau si plein d'un orgueil que justifie sa beauté. Mon frère aussi fit de très jolis vers. Ces bois nous inspiraient tous.

M. de Calonne, qui m'a donné tant de choses, comme vous savez, m'avait, disait-on, donné aussi Moulin-Joli. Ah! si j'avais eu Moulin-Joli, je ne l'aurais, je crois, jamais quitté. Mon bien grand regret, au contraire, est de ne l'avoir pas acheté lorsqu'à ma rentrée en France je l'ai trouvé en vente ; mais un retard qui survint dans l'envoi des fonds que j'attendais de Russie m'en ôta les moyens. Moulin-Joli fut vendu alors quatre-vingt mille francs à un chaudronnier, qui, en faisant couper tous les beaux arbres, a retrouvé, pour le moins, le prix de son acquisition ; et maintenant, quand mes souvenirs me reportent dans ce délicieux séjour, il s'ensuit la triste pensée de sa destruction totale.

Quelque temps avant la Révolution, j'allai à Morfontaine, et de là nous fîmes une course à Ermenonville, où je vis le tombeau de J.-J. Rousseau. La célébrité de ce beau parc d'Ermenonville en gâtait la promenade pour moi ; on y trouve des inscriptions à chaque pas, cela tyrannise la pensée.

A Morfontaine, j'ai toujours préféré cette partie pittoresque du parc qui n'est point arrangée à l'anglaise, et où se trouve maintenant un grand lac ; de l'avis de tous les artistes, au reste, elle tient un premier rang dans son genre. A l'époque dont je vous parle, M. de Morfontaine l'avait embellie, en y creusant des canaux, sur lesquels nous nous promenions en bateau. Le lac, qui n'avait pas alors une aussi grande étendue, était entrecoupé d'îles charmantes; à présent, on n'y voit plus qu'une seule petite île, qui me fait absolument l'effet d'un petit pâté, au milieu de cette immense masse d'eau.

M. de Morfontaine recevait avec tant de bienveillance et de simplicité, que chacun chez lui se croyait chez soi. Le comte de Vaudreuil, Lebrun le poète, le chevalier de Coigny, si aimable et si gai, Brongniart, Robert, Rivière et mon frère, faisaient toutes les nuits des charades, et se réveillaient mutuellement pour se les dire ; cette folle gaieté prouve assez de quelle liberté l'on jouissait dans ce beau lieu. A la vérité, l'ordre en était banni aussi bien que la gêne. Heureusement nous étions entre intimes et en petit nombre ; car je n'ai jamais vu château aussi mal tenu. M. de Morfontaine, en toute chose, poussait le décousu à un degré inimaginable, et vous jugez que sa maison devait se ressentir de cette manière d'être.

A cette époque, M. Le Pelletier de Morfontaine était prévôt des marchands; il a fait construire je ne sais quel pont de Paris. Je me souviens qu'il portait constamment dans sa poche un petit calpin, sur lequel il écrivait sans cesse ce qu'il entendait dire de remarquable dans la société, J'ai souvent essayé de lire par-dessus son épaule ; mais, quoique ses lettres fussent très grosses, il m'a toujours été impossible de déchiffrer un seul mot, tant son écriture était informe ; je défie bien ses héritiers de tirer jamais parti des souvenirs qu'il doit avoir laissés.

LA FAMILLE DANS LE PARC

D'après Moreau le jeune

Quand on quittait Morfontaine pour aller à Maupertuis, on ne pouvait s'abstenir de comparer le tenue de ces deux belles maisons ; car la différence était frappante. Partout à Maupertuis régnait l'ordre et la magnificence. M. de Montesquiou tenait là véritablement l'état d'un grand seigneur. Comme il était écuyer de Monsieur (depuis Louis XVIII), il lui était facile de mettre à nos ordres chevaux, calèches et voitures de toute espèce. Les repas étaient splendides, le château assez vaste pour contenir habituellement trente ou quarante maîtres, tous bien logés, parfaitement soignés ; et cette nombreuse société se renouvelait sans cesse.

La mère et la femme de M. de Montesquiou avaient pour moi mille bontés. Sa belle-fille, qui depuis a été gouvernante du fils de Napoléon, était douce, naturelle, très aimable. Quant à lui, je l'avais vu souvent à Paris, et il m'avait toujours semblé fort spirituel, mais sec et frondeur ; à Maupertuis, il était doux, affable, en un mot, ce n'était plus le même homme. Quand par hasard nous nous trouvions en petit nombre, il nous faisait le soir des lectures et s'en acquittait à merveille. C'est à Maupertuis, étant grosse et souffrante, que j'ai fait son portrait, dont je n'ai jamais été satisfaite.

Je me souviens qu'un soir, en petit comité, le marquis de Montesquiou tira l'horoscope de chacun de nous. Il me prédit que je vivrais longtemps, et que je serais une aimable vieille, parce que je n'étais pas coquette. Maintenant que j'ai vécu longtemps, suis-je une aimable vieille ? J'en doute ; mais au moins je suis une vieille aimante, car je vous aime tendrement.

LE TOMBEAU DE ROUSSEAU A ERMENONVILLE

Gravure de Moreau le jeune (1778)

X

LE DUC DE NIVERNAIS. — LE MARÉCHAL DE NOAILLES. — SON MOT A LOUIS XV. — Mme DU BARRY. — LOUVECIENNES. — LE DUC DE BRISSAC. — SA MORT. — CELLE DE Mme DU BARRY. — PORTRAITS QUE J'AI FAITS A LOUVECIENNES.

J'ai été diner plusieurs fois à Saint-Ouen, chez le duc de Nivernais, qui avait là une fort belle habitation et qui réunissait chez lui la plus aimable société qu'on puisse voir.

Le duc de Nivernais, que l'on a toujours cité pour la grâce et la finesse de son esprit, avait des manières nobles et douces sans aucune afféterie. Il se distinguait surtout par son extrême galanterie avec les femmes de tout âge. Sous ces rapports, je pourrais en parler comme d'un modèle dont je n'aurais point trouvé de copie, si je n'avais pas connu le comte de Vaudreuil qui, beaucoup plus jeune que M. de Nivernais, joignait à une galanterie recherchée une politesse d'autant plus flatteuse qu'elle partait du cœur. Au reste, il est devenu fort difficile aujourd'hui de donner une idée de l'urbanité, de la gracieuse aisance, en un mot des manières aimables qui faisaient, il y a quarante ans, le charme de la société à Paris. Cette galanterie dont je vous parle, par exemple, a totalement disparu. Les femmes régnaient alors, la Révolution les a détrônées.

Le duc de Nivernais était petit, fort maigre. Quoique très âgé, quand je l'ai connu, il était encore plein de vivacité. Il aimait passionnément la poésie et faisait des vers charmants.

Je suis allée souvent aussi diner chez le maréchal de Noailles, dans son beau château situé à l'entrée de Saint-Germain. Il y avait alors un fort grand parc, admirablement soigné. Le maréchal était très aimable; son esprit, sa gaieté animaient tous ses convives, qu'il choisissait parmi les célébrités littéraires et les gens les plus distingués de la ville et de la Cour.

Le maréchal de Noailles avait un esprit original et surtout piquant. Il était rare qu'il pût résister au désir de lancer un trait malin ; c'est lui qui répondit à Louis XV, mangeant à la chasse des olives qu'il trouvait mauvaises : « C'est sans doute le fond du baril, Sire. » Ce mot reporte mon souvenir sur une femme dont je ne vous ai pas encore parlé, quoique je l'ai vue de fort près ; une femme qui, sortie des derniers rangs de la société, a passé par les palais d'un roi pour aller à l'échafaud, et à qui sa triste fin fait pardonner le scandaleux éclat de sa vie. C'est en 1786 que j'allai, pour la première fois, à Louveciennes, où j'avais promis de peindre Mme Du Barry, et j'étais extrêmement curieuse de voir cette favorite, dont j'avais si souvent entendu parler. Mme Du Barry pouvait avoir alors quarante-cinq ans environ. Elle était grande sans l'être trop ; elle avait de l'embonpoint ; la gorge un peu forte, mais fort belle ; son visage était encore charmant, ses traits réguliers et gracieux ; ses cheveux étaient cendrés et bouclés comme ceux d'un enfant ; son teint seulement commençait à se gâter.

Elle me reçut avec beaucoup de grâce, et me parut avoir fort bon ton ; mais je lui trouvai plus de naturel dans l'esprit que dans les manières. Outre que son regard était celui d'une coquette, car ses yeux allongés n'étaient jamais entièrement ouverts, sa prononciation avait quelque chose d'enfantin qui ne seyait plus à son âge.

Elle m'établit dans un corps de logis, situé derrière la machine de Marly, dont le bruit lamentable m'ennuyait fort. Dessous mon appartement, se trouvait une galerie fort peu soignée, dans laquelle étaient placés, sans ordre, des bustes, des vases, des colonnes, des marbres les plus rares et une quantité d'autres objets précieux ; en sorte qu'on aurait pu se croire chez la maîtresse de plusieurs souverains, qui tous l'avaient enrichie de leurs dons. Ces restes de magnificence contrastaient avec la simplicité qu'avait adoptée la maîtresse de la maison, et dans sa toilette et dans sa façon de vivre.

L'été comme l'hiver, Mme Du Barry ne portait plus que des robes-peignoirs de percale ou de mousseline blanche, et tous les jours, quelque temps qu'il fît, elle se promenait dans son parc ou dehors, sans qu'il en résultât aucun inconvénient pour elle, tant le séjour de la campagne avait rendu sa santé robuste. Elle n'avait conservé aucune relation avec la nombreuse cour qui pendant longtemps l'avait entourée. L'ambassadrice de Portugal, la belle madame de Souza, et la marquise de Brunoy étaient, je crois, les deux seules femmes qu'elle vit alors, et, durant mes séjours chez elle, que j'ai faits à trois époques différentes, j'ai pu m'assurer que les visites ne troublaient point sa solitude (1). Je ne sais pourquoi cependant les ambassadeurs de Tippoo-Saïb se crurent obligés d'aller visiter l'ancienne maîtresse de Louis XV. Non seulement ils vinrent à Louveciennes, mais ils apportèrent des présents à Mme Du Barry, entre autres, des pièces de mousseline, très richement brodée en or. Elle m'en donna une superbe à fleurs larges et détachées, dont les couleurs et l'or sont parfaitement nuancés.

Les soirs, nous étions le plus souvent seules, au coin du feu, Mme Du Barry et moi. Elle me parlait quelquefois de Louis XV et de sa cour, toujours avec le plus grand respect pour l'un et les plus grands ménagements pour l'autre. Mais elle évitait tous détails ; il était même évident qu'elle préférait s'abstenir de ce sujet d'entretien, en sorte qu'habituellement sa conversation était assez nulle. Au reste, elle se montrait aussi bonne femme par ses paroles que par ses actions, et elle faisait beaucoup de bien à Louveciennes, où tous les pauvres étaient secourus par elle. Nous allions souvent ensemble visiter quelque malheureux, et je me rappelle encore la sainte colère où je la vis, un jour, chez une pauvre accouchée qui manquait de tout. « Comment ! disait Mme Du Barry, vous n'avez eu ni linge, ni vin, ni bouillon ? — Hélas ! rien, Madame. » Aussitôt nous rentrons au château ; Mme Du Barry fait venir sa femme de charge et d'autres domestiques qui n'avaient

(1) J'y voyais souvent M. de Monville : aimable et très élégant, il nous mena à sa campagne appelée *le Désert*, dont la maison était une tour seulement.

point exécuté ses ordres. Je ne puis vous dire dans quelle fureur elle se mit contre l'instant même, avec du bouillon et du vin de Bordeaux.

LA COMTESSE DU BARRY

Peinture de Madame Le Brun 1789) (Bibliothèque de la Ville de Versailles)

eux, tout en faisant faire devant elle un paquet de linge qu'elle leur fit porter, à

Tous les jours, après dîner, nous allions prendre le café dans ce pavillon si renommé pour le goût et la richesse de ses ornements. La première fois que Mme Du Barry me le fit voir, elle me dit : « C'est dans cette salle que Louis XV me faisait l'honneur de venir dîner. Il y avait au-dessus une tribune pour les musiciens qui chantaient pendant le repas. » Le salon était ravissant : outre qu'on y jouit de la plus belle vue du monde, les cheminées, les portes, tout était du travail le plus précieux; ne pouvait laisser soupçonner qu'il fût plus que l'ami de la maitresse du château. Toutefois, il était aisé de voir qu'un tendre attachement unissait ces deux personnes, et peut-être cet attachement leur a-t-il coûté la vie. Lorsque, avant l'époque de la Terreur, Mme Du Barry passa en Angleterre pour retrouver ses diamants volés, qu'en effet elle y retrouva, les Anglais l'avaient très bien reçue. Ils

LE PAVILLON DE MADAME DU BARRY A LOUVECIENNES

Gravure de Nattes

les serrures même pouvaient être admirées comme des chefs-d'œuvre d'orfèvrerie, et les meubles étaient d'une richesse, d'une élégance au-dessus de toute description.

Ce n'était plus Louis XV alors qui s'étendait sur ces magnifiques canapés, c'était le duc de Brissac, et nous l'y laissions souvent, parce qu'il aimait à faire sa sieste. Le duc de Brissac vivait comme établi à Louveciennes; mais rien dans ses manières et dans celles de Mme Du Barry

firent tout pour l'empêcher de retourner en France, au point qu'au moment de son départ, des amis dételèrent ses chevaux de poste. Le seul désir de rejoindre le duc de Brissac, qu'elle avait laissé caché dans son château de Louveciennes, la fit résister aux instances de ceux qui voulaient la retenir à Londres, où la vente de ses diamants pouvait la faire vivre dans l'aisance. Elle partit pour son malheur, et vint retrouver le duc de Brissac à Louveciennes,

Fort peu de temps après, le duc fut arrêté sous ses yeux et conduit en prison à Orléans. C'est là qu'on vint le chercher, lui et trois autres, pour les transporter, disait-on, à Versailles. Tous les quatre furent mis dans un tombereau, et, à peine à moitié du chemin, tous les quatre furent indignement massacrés!

On porta la tête sanglante du duc de Brissac à Mme Du Barry, et vous vous imaginez ce que l'infortunée dut souffrir à cette horrible vue! Elle ne tarda pas elle-même à subir le sort réservé alors à tous ceux qui possédaient quelque fortune, comme à ceux qui portaient un grand nom. Elle fut trahie et dénoncée par un petit nègre, nommé Zamore, dont il est question dans tous les mémoires du temps pour avoir été comblé de ses bienfaits et des bienfaits de Louis XV. Arrêtée, mise en prison, Mme Du Barry fut jugée et condamnée à mort par le tribunal révolutionnaire à la fin de 1793. Elle est la seule femme, parmi tant de femmes que ces jours affreux ont vues périr, qui ne put soutenir l'aspect de l'échafaud; elle cria, elle implora sa grâce de la foule atroce qui l'environnait, et cette foule s'émut au point que le bourreau se hâta de terminer le supplice. Ceci m'a toujours persuadé que si les victimes de ce temps d'exécrable mémoire n'avaient pas eu le noble orgueil de mourir avec courage, la Terreur aurait cessé beaucoup plus tôt Les hommes dont l'intelligence n'est point développée ont trop peu d'imagination pour qu'une souffrance intérieure les touche, et l'on excite bien plus aisément la pitié du peuple que son admiration.

J'ai fait trois portraits de Mme Du Barry Dans le premier je l'ai peinte en buste, petit trois-quarts, en peignoir, avec un chapeau de paille; dans le second elle est vêtue en satin blanc; d'une main elle tient une couronne, et l'un de ses bras est appuyé sur un piédestal. J'ai fait ce tableau avec le plus grand soin; il était, ainsi que le premier, destiné au duc de Brissac, et je l'ai revu dernièrement. Le vieux général à qui il appartient a sans doute fait barbouiller la tête, car ce n'est point celle que j'ai faite; celle-ci a du rouge jusqu'aux yeux, et Mme Du Barry n'en mettait jamais. Je renie donc cette tête, qui n'est pas de moi; tout le reste du tableau est intact et bien conservé. Il vient d'être vendu à la mort de ce général.

Le troisième portrait que j'ai fait de Mme Du Barry est chez moi. Je l'ai commencé vers le milieu de septembre 1789. De Louveciennes, nous entendions des canonnades à l'infini, et je me rappelle que la pauvre femme me disait: « Si Louis XV vivait, sûrement tout cela n'aurait pas été ainsi. »

J'avais peint la tête et tracé la taille et les bras, lorsque je fus obligée de faire une course à Paris; j'espérais pouvoir retourner à Louveciennes pour finir mon ouvrage; mais on venait d'assassiner Berthier et Foulon. Mon effroi était porté au comble, et je ne songeais plus qu'à quitter la France; je laissai donc ce tableau à moitié terminé. Je ne sais pas par quel hasard M. le comte Louis de Narbonne s'en trouva possesseur pendant mon absence; à mon retour en France, il me l'a rendu, et je viens de le terminer.

Le triste contenu de cette lettre m'avertit que je suis arrivée à l'époque de mon existence dont je voudrais pouvoir perdre la mémoire, dont je repousserais les souvenirs, ainsi que je le fais bien souvent, si je ne vous avais promis le récit sincère et complet de ma vie.

Il ne s'agira plus maintenant de joies, de soupers grecs, de comédies, mais de jours d'angoisses et d'effroi; et je remets à vous en parler dans mes premières lettres.

XI

ROMAINVILLE. — LE MARÉCHAL DE SÉGUR. — LA MALMAISON. — Mme LE COUTEUX DU MOLAY. — L'ABBÉ SIEYES. — Mme AUGUIER. — MOT DE LA REINE. — Mme CAMPAN. — SA LETTRE. — Mme ROUSSEAU. — LE PREMIER DAUPHIN.

Je ne puis songer aux dernières campagnes que j'ai visitées, sans qu'il se mêle au souvenir de quelques doux moments plus d'un souvenir pénible. En 1788 par exemple, je partis avec Robert, pour aller passer quelques jours à Romainville, chez le maréchal de Ségur ; en route, nous remarquâmes que les paysans ne nous ôtaient plus leurs chapeaux ; ils nous regardaient au contraire avec insolence, et quelques-uns même nous menaçaient avec leurs bâtons. Arrivés à Romainville, nous fûmes témoins du plus terrible orage que l'on puisse voir. Le ciel avait pris un ton jaunâtre, teinté de gris foncé, et quand ces nuages effrayants s'entr'ouvrirent, il en sortit des milliers d'éclairs, accompagnés d'un tonnerre affreux et de grêlons si énormes qu'ils ravagèrent un espace de quarante lieues des environs de Paris. Tant que dura l'orage, je me rappelle que Mme de Ségur et moi, pâles et tremblantes, nous nous regardions en frissonnant ; il nous semblait voir, dans ce jour sinistre, le présage des malheurs que, sans être astrologue, on pouvait prédire alors.

MADEMOISELLE LE BRUN

Gravure du comte de Paroy (1787)

Le soir et le lendemain, nous allâmes tous avec le maréchal contempler les tristes effets de l'orage. Le blé, les vignes, les arbres fruitiers, tout était détruit. Les paysans pleuraient et s'arrachaient les cheveux. Chacun s'empressa de venir au secours de ces infortunés ; les gros propriétaires donnèrent beaucoup d'argent ; un homme fort riche distribua aussitôt pour son compte quarante mille francs aux malheureux qui l'entouraient. A la honte de l'humanité, ce même homme, l'année suivante, fut massacré un des premiers par les cannibales révolutionnaires.

Dans cet été de 1788, j'allai passer quinze jours à la Malmaison, qui appartenait alors à Mme la comtesse du Molay. Mme du Molay était une jolie femme très à la mode. Son esprit n'électrisait pas ; mais elle comprenait celui des autres avec intelligence. Le comte Olivarès était alors établi chez elle, et elle avait eu pour lui la galanterie de faire placer, à l'entrée d'un chemin situé dans le haut du parc, une inscription portant : *Sierra Morena*. Olivarès n'était point ce qu'on appelle aimable. Ce que j'ai remarqué en lui de plus saillant était sa malpropreté ; ses poches, pleines de tabac d'Espagne, lui servaient de tabatière. Le duc de Crillon et le cher abbé Delille venaient fort souvent à la Malmaison où je me trouvais heureuse de les rencontrer. Mme du Molay aimait beaucoup à se promener toute seule, et j'étais parfaitement de son goût ; en sorte qu'il était convenu que l'on tiendrait une branche de verdure à la main, si l'on ne désirait pas se chercher ou s'aborder. Je ne marchais jamais sans ma branche ; mais, si j'apercevais l'abbé Delille, je la jetais bien vite.

En juin 1789, j'allai dîner à la Malmaison ; j'y trouvais l'abbé Sieyès et plusieurs autres amateurs de la Révolution. M. du Molay hurlait contre les nobles ; chacun criait, pérorait sur toutes choses propres à opérer un bouleversement général ; on eût dit un vrai club, et ces conversations m'effrayaient horriblement. Après dîner, l'abbé Sieyès dit à je ne sais plus quelle personne : « En vérité, je crois que nous irons trop loin. — Ils iront si loin qu'ils se perdront en chemin, » dis-je à Mme du Molay, qui avait entendu l'abbé comme moi, et qui s'attristait aussi de tant de présages funestes.

Dans le même temps à peu près j'allai passer quelques jours à Marly, chez Mme Auguier, sœur de Mme Campan, et attachée elle-même au service de la reine. Elle avait près de la machine un château et un fort beau parc. Un jour qu'elle et moi étions à une fenêtre qui avait vue sur la cour, laquelle cour donnait sur le grand chemin, nous vîmes entrer un homme ivre, qui tomba par terre. Mme Auguier, avec sa bonté ordinaire, appela le valet de chambre de son mari, lui dit de secourir ce malheureux, de le conduire à la cuisine et d'en avoir bien soin. Peu de moments après, le valet de chambre revint. « En vérité, dit-il, madame est trop bonne ; c'est un misérable que cet homme ! voici les papiers qui viennent de tomber de sa poche. » Et il nous remit plusieurs cahiers, dont l'un commençait ainsi : A bas la famille royale ! à bas les nobles ! à bas les prêtres ! puis suivaient les litanies révolutionnaires et mille prédictions atroces, écrites en termes qui faisaient dresser les cheveux. Mme Auguier fait appeler la maréchaussée, à qui était alors confiée la garde des villages. Quatre de ces militaires arrivent ; on leur enjoint d'emmener cet homme et de prendre des informations sur son compte ; ils l'emmènent ; mais le valet de chambre, les ayant suivis de loin, sans qu'ils s'en aperçussent, les vit, dès qu'ils eurent tourné le chemin, prendre le prisonnier bras dessus bras dessous, et sauter, chanter avec lui, de l'air du meilleur accord. Je ne puis vous dire à quel point ceci nous effraya. Qu'allions-nous devenir, mon Dieu ! si la force publique faisait cause commune avec les coupables ?

J'avais conseillé à Mme Auguier de montrer ces cahiers à la reine, et quelques jours après, se trouvant de service, elle les fit lire à Sa Majesté, qui les lui rendit en disant : « Ce sont des choses impossibles ; je ne croirai jamais qu'ils méditent de pareilles atrocités. » Hélas ! les événements n'ont que trop tôt dissipé ce noble doute ; et, sans parler de l'auguste victime qui ne voulait point croire à tant d'horreurs, la pauvre Mme Auguier elle-même était destinée à payer son dévouement de sa vie.

Ce dévouement ne s'est jamais démenti. Dans les moments cruels de la Révolution, sachant que la reine était sans argent, elle s'empressa de lui prêter vingt-cinq louis. Les révolutionnaires le surent, et vinrent aussitôt au château des Tuileries pour la conduire en prison, ou pour mieux dire à la guillotine.

En les voyant arriver, l'air furieux, la menace à la bouche, Mme Auguier, préféra une mort prompte à l'angoisse de tomber

entre leurs mains. Elle se jeta par la fenêtre et se tua.

J'ai peu connu de femmes aussi belles et aussi aimables que Mme Auguier. Elle était grande et bien faite ; son visage était d'une fraîcheur remarquable, son teint blanc et rose, et ses jolis yeux exprimaient sa douceur et sa bonté. Elle a laissé deux filles, que j'ai connues dès leur enfance à Marly. L'une a épousé le maréchal Ney ; la seconde a été mariée à M. de Broc. Cette dernière a péri bien jeune encore, et bien malheureusement. Comme elle voyageait avec Mme Louis Bonaparte, son intime amie, elle voulut, dans une excursion à Ancenis, traverser sur une planche un profond précipice ; la planche manqua sous ses pieds, et l'infortunée tomba morte dans l'abîme !

et comme l'habile directrice de cette maison d'éducation, à Saint-Germain, dans laquelle

MADAME ROYALE ET LE DAUPHIN
Peinture de Madame Le Brun (Salon de 1785 (Musée de Versailles)

Mme Auguier avait deux sœurs : l'une était Mme Campan si connue, et comme la première femme de chambre de la reine, toutes les notabilités de l'Empire faisaient élever leurs filles. J'avais connu Mme Campan à Versailles, à l'époque où elle jouissait de toute la faveur et de toute la confiance de la reine. Je ne dou- que, pendant mon séjour à Pétersbourg, vous pouvez vous rappeler qu'un soir je

LES PETITS PARRAINS

D'après Moreau le jeune

tais nullement qu'elle n'eût conservé à son auguste maitresse le dévouement et la reconnaissance dus à tant de bontés, lors- l'entendis accuser d'avoir abandonné et trahi la reine. Ne pouvant voir dans ce propos que la plus infâme calomnie, je pris avec chaleur la défense de ma compatriote, et je m'écriai plusieurs fois : « C'est impossible ! » Deux ans plus tard, revenue en France, je reçus, peu de jours après mon arrivée, la lettre suivante, que m'écrivit Mme Campan, et que je copie ici, afin de vous faire connaître une justification qui me semble porter tous les caractères de la franchise.

Saint-Germain, ce 27 janvier, vieux style.

« Vous avez dit bien loin de moi, aimable dame : *C'est impossible !* Le véritable esprit, la bonté, la sensibilité ont dirigé votre opinion ; et ces qualités rares, si rares de nos jours, se sont, pour mon bonheur, trouvées chez vous réunies à des talents encore plus rares. Vous entendez mon impossible autant que je suis pénétrée de ce qu'il a été prononcé par vous. En effet, comment croire que jamais j'aie pu séparer un moment mes sentiments, mes opinions, mon dévouement, de tout ce que je devais à l'être trop infortuné qui, tous les jours, faisait mon bonheur et celui des miens, et dont la conservation dans des droits qui étaient attaqués par une faction perfide et sanguinaire assurait le bonheur de tous et le mien particulièrement ? J'ai eu, au contraire, l'avantage de lui donner des preuves non équivoques d'une reconnaissance telle qu'elle avait droit d'attendre. Ma pauvre sœur Auguier et moi, quoique je ne fusse pas de service, avons affronté la mort, pour ne la point quitter dans la nuit à jamais mémorable et horrible du 10 août. Sorties de ce massacre, cachées et mourantes d'effroi dans des maisons de Paris, nous avons ranimé nos forces pour parvenir jusqu'aux Feuillants, et la servir encore dans sa première détention à l'Assemblée. Pétion seul nous a séparées d'elle, lorsque nous voulûmes la suivre au Temple. Avec des faits aussi vrais et si naturels, que je suis loin d'en tirer vanité, comment direz-vous, peut-on avoir été aussi étrangement calomniée ? Ne fallait-il pas me faire payer chèrement une faveur marquée et soutenue pendant tant d'années ? Pardonne-t-on la faveur dans une cour, même quand elle tombe sur une personne de la classe de la domesticité ? On voulait me perdre dans l'esprit de la reine, voilà tout. On n'y réussit pas, et l'on saura quelque jour jusqu'à quel degré elle m'a conservé sa bienveillance et sa confiance dans les choses les plus importantes. Je dois cependant ajouter, pour ne rien déguiser de ce qui a pu porter à méconnaître mes véritables sentiments, que jamais je n'avais pu amener mon esprit à concevoir le plan de l'émigration ; que je le regardais comme funeste aux émigrants, mais bien plus encore, dans mes idées à cette époque, au salut de Louis XVI. Habitant les Tuileries, j'étais sans cesse frappée de cette réflexion, qu'il n'y avait qu'un quart de lieue de ce palais aux faubourgs insurgés, et cent lieues de Coblentz ou des armées protectrices. Le sentiment et l'esprit des femmes sont bavards ; je disais trop et trop souvent mon opinion sur cette mesure qui, dans ce temps, était l'espoir de tous. Un sentiment bien différent de l'amour insensé et criminel d'une révolution affreuse dictait mes craintes. Le temps ne les a que trop justifiées ; et les innombrables victimes de ce projet ne devraient plus me les imputer à crime.

« Mais enfin, j'existe à présent sous une forme nouvelle ; j'y suis livrée en entier, et avec la paix d'un cœur qui n'a pas le plus léger reproche à se faire. Depuis longtemps je désire vous faire voir l'ensemble de mon plan d'éducation, vous recevoir, vous fêter en amie sincère et précieuse. Prenez un jour avec l'intéressante et infortunée Rousseau, et ce sera pour moi un jour de fête. Croyez à ma tendresse, à mon estime, à ma reconnaissance, enfin à tous les sentiments que je vous ai voués.

» Genet Campan. »

Mme Auguier, outre Mme Campan, avait une autre sœur, nommée Mme Rousseau, fort aimable femme, que la reine avait attachée au service du premier dauphin, et qui m'a souvent donné l'hospitalité, lorsque j'avais des séances à la cour (1). Elle

(1) Mme Rousseau a laissé un fils, connu sous le nom d'Amédée de Beauplan, qui est très bon musicien. Il compose des romances charmantes et les chante à merveille.

LA DUCHESSE D'ORLÉANS

Peinture de Madame Le Brun. Salon de 1789. (Musée de Versailles)

était devenue si chère au jeune prince qu'elle soignait, que l'aimable enfant lui disait, deux jours avant de mourir : « Je t'aime tant, Rousseau, que je t'aimerai encore après ma mort. »

Le mari de Mme Rousseau était maître d'armes des Enfants de France. Aussi, comme attaché à double titre à la famille royale, ne put-il échapper à la mort : il fut pris et guillotiné. On m'a dit que, son jugement rendu, un juge avait eu l'atrocité de lui crier : « Pare celle-ci, Rousseau ! »

En vous entretenant de ces horreurs, j'anticipe sur le temps dont il me reste à vous parler jusqu'au jour où j'ai quitté la France. Je reprendrai dans ma première lettre le récit des tristes événements qui m'ont obligée à fuir mon pays pour aller chercher dans des pays étrangers, non seulement ma sûreté, mais cette bienveillance dont vous-même m'avez comblée, durant mon séjour en Russie, et dont je garde une si douce mémoire.

XII

1789. — TERREUR DONT JE SUIS FRAPPÉE. — JE ME RÉFUGIE CHEZ BRONGNIART. — M. DE SOMBREUIL. — PAMÉLA. — LE 5 OCTOBRE. — ON VA CHERCHER LA FAMILLE ROYALE A VERSAILLES. — JE QUITTE PARIS. MES COMPAGNONS DANS LA DILIGENCE. — JE PASSE LES MONTS.

L'affreuse année de 1789 était commencée, et la terreur s'emparait déjà de tous les esprits sages. Je me rappelle parfaitement qu'un soir où j'avais réuni du monde chez moi pour un concert, la plus grande partie des personnes qui m'arrivaient entraient avec l'air consterné ; elles avaient été le matin à la promenade de Longchamp; la populace, rassemblée à la barrière de l'Etoile avait injurié de la façon la plus effrayante les gens qui passaient en voiture ; des misérables montaient sur les marchepieds en criant : « L'année prochaine, vous serez derrière vos carrosses et c'est nous qui serons dedans! » ainsi que mille autres propos plus infâmes encore. Ces récits, comme vous pouvez croire, attristèrent beaucoup ma soirée ; je me souviens d'avoir remarqué que la personne la moins effrayée était Mme de Villette, la « belle et bonne » de Voltaire.

Quant à moi, j'avais peu besoin d'apprendre de nouveaux détails pour entrevoir les horreurs qui se préparaient. Je savais, à n'en pouvoir douter, que ma maison, rue du Gros-Chenet, où je venais de m'établir depuis trois mois seulement, était marquée par les malfaiteurs. On jetait du soufre dans nos caves par les soupiraux. Si j'étais à ma fenêtre, de grossiers sans-culottes me menaçaient du poing ; mille bruits sinistres m'arrivaient de tous les côtés ; enfin, je ne vivais plus que dans un état d'anxiété et de chagrin profond.

Ma santé s'altérait sensiblement, et deux de mes bons amis, Brongniart, l'architecte, et sa femme, étant venus me voir, me trouvèrent si maigre et si changée, qu'ils me conjurèrent de venir passer quelques jours chez eux, ce que j'acceptai avec reconnaissance. Brongniart avait son logement aux Invalides; je fus conduite chez lui par un médecin attaché au Palais-Royal, et dont les gens portaient la livrée d'Orléans, la seule qui fût alors respectée. On me donna le meilleur lit. Comme je ne pouvais pas manger, on me nourrissait avec d'excellent vin de Bordeaux et du bouillon, et Mme Brongniart ne me quittait pas. Tant de soins auraient dû me calmer, puisque mes amis voyaient beaucoup moins en noir que moi ; mais il leur était impossible de me rassurer contre les maux que je prévoyais. « A quoi bon vivre? à quoi bon se soigner? » disais-je souvent à mes bons amis ; car l'effroi que m'inspirait l'avenir me faisait prendre la vie en dégoût ; et pourtant, il faut le dire, si loin que pût aller mon imagination, je ne devinais qu'une partie des crimes qui se sont commis plus tard.

Je me rappelle avoir soupé chez Brongniart avec l'excellent M. de Sombreuil, alors gouverneur des Invalides. Il nous dit savoir qu'on devait venir s'emparer des armes qu'il tenait en dépôt ! « Mais, ajouta-t-il, je les ai si bien cachées que je défie bien qu'ils les trouvent. » Ce brave homme ne songeait pas qu'on ne pouvait alors compter que sur soi-même. Comme les armes ne tardèrent pas à être enlevées, il faut croire qu'il fut trahi par les gens de l'hôtel qu'il avait employés.

M. de Sombreuil, aussi recommandable par ses vertus privées que par ses talents militaires, s'est trouvé au nombre des prisonniers que l'on devait immoler dans les prisons le 2 septembre. Les assassins accordèrent sa vie aux larmes, aux supplications de son héroïque fille; mais, atroces jusque dans le pardon, ils forcèrent Mlle de Sombreuil à boire un verre du sang qui coulait à flots devant la prison! et, pendant fort longtemps, la vue de tout ce qui portait la couleur rouge causait d'horribles vomissements à cette jeune infortunée. Plus tard (en 1794), M. de Sombreuil fut envoyé à l'échafaud par le tribunal révolutionnaire. Ces deux événements ont inspiré au poète Legouvé le plus beau de ses vers :

Des bourreaux l'ont absous, des juges l'ont frappé.

M. de Sombreuil avait laissé un fils, très distingué par son caractère et par sa bravoure. Il commandait un des régiments venus d'Angleterre à Quiberon vers la fin de 1795. La Convention nationale ayant violé la capitulation souscrite par le général Hoche, M. de Sombreuil reçut la mort comme un brave; il ne voulut pas qu'on lui bandât les yeux, et il commanda lui-même le feu. Tallien, au moment de l'exécution, lui dit : « Monsieur, vous êtes d'une famille bien malheureuse. — J'étais venu la venger, répondit M. de Sombreuil, mais je ne puis que l'imiter. »

VUE DES BOULEVARDS, PRISE EN FACE L'HOTEL DE MONTMORENCY ET LE DÉPOT DES GARDES-FRANÇAISES

Dessin de Lallemand, gravure de Nee

Mme Brongniart me menait promener derrière les Invalides; il y avait tout près de là quelques maisons de paysans. Comme nous étions assises contre une de ces masures, nous entendîmes causer entre eux deux hommes qui ne pouvaient nous voir. « Veux-tu gagner dix francs, disait l'un, viens avec nous faire le train. Il ne s'agit que de crier : A bas celui-ci! à bas celui-là! et surtout de crier bien fort contre *Cayonne*. — Dix francs sont bons à gagner, répondait l'autre; mais n'aurons-nous pas des taloches ? — Allons donc ! reprit le premier, c'est nous qui les donnons, les taloches. » Vous jugez de l'effet que faisaient sur moi de pareils dialogues !

Le lendemain du jour dont je vous parle, nous passions devant la grille des Invalides où se trouvait une foule immense, composée de ce vilain monde qui se promenait habituellement sous les galeries du Palais-Royal ; tous gens sans aveu et sans habits, qui n'étaient ni ouvriers ni paysans, auxquels on ne pouvait supposer un état, sinon celui de bandit, tant leurs figures étaient effrayantes. Mme Brongniart, plus courageuse que moi, s'efforçait de me rassurer ; mais j'avais une telle peur, que je reprenais le chemin de la maison, quand nous vîmes arriver de loin une jeune personne à cheval, qui portait un habit d'amazone et un chapeau ombragé de plumes noires. A l'instant, l'horrible bande forme la haie de deux côtés pour laisser passer au milieu d'elle la jeune personne, que suivaient deux piqueurs à la livrée d'Orléans. Je reconnus aussitôt cette belle Paméla que Mme de Genlis avait amenée chez moi. Elle était alors dans toute sa fraîcheur et vraiment ravissante ; aussi entendions-nous toute la horde crier : « Voilà, voilà celle qu'il nous faudrait pour reine ! » Paméla allait et revenait sans cesse au milieu de cette dégoûtante populace, ce qui me donna bien tristement à penser (1).

Peu après je retournai chez moi, mais je ne pouvais y vivre. La société me semblait être en dissolution complète, et les honnêtes gens sans aucun appui ; car la garde nationale était si singulièrement composée qu'elle offrait un mélange aussi bizarre qu'il était effrayant. Aussi la peur agissait-elle sur tout le monde ; les femmes grosses que je voyais passer me faisaient peine ; la plupart avaient la jaunisse de frayeur. J'ai remarqué, au reste, que la

VUE DES BOULEVARDS PRÈS LE PAVILLON CHINOIS DE L'HOTEL DE MONTMORENCY

Dessin de Lallemand, gravure de Née

(1) Elle a épousé depuis lord Fitz-Gerald, dont elle est veuve maintenant, car elle vit encore, mais bien changée.

génération née pendant la Révolution est en général beaucoup moins robuste que la précédente : que d'enfants en effet, à cette triste époque, ont dû naître faibles et souffrants !

M. de Rivière, chargé d'affaires de Saxe, dont la fille avait épousé mon frère, vint m'offrir de me donner l'hospitalité, et je passai chez lui deux semaines au moins. C'est là que je vis porter le buste du duc d'Orléans et celui de M. Necker, qu'une nombreuse populace suivait en proclamant à grands cris que l'un serait leur roi et l'autre leur protecteur ! Le soir, ces honnêtes gens revinrent ; ils mirent le feu à la barrière qui se trouvait au bout de notre rue (la rue Chaussée-d'Antin), puis ils dépavèrent, ils établirent des barricades, en criant : « Voilà les ennemis qui arrivent ! » Les ennemis n'arrivaient point ; hélas ! ils étaient dans Paris.

Quoique je fusse traitée chez M. de Rivière comme un de ses enfants, et que je pusse me croire en sûreté chez lui, puisqu'il était ministre étranger, mon parti était pris de quitter la France. Depuis plusieurs années, j'avais le désir d'aller à Rome. Le grand nombre de portraits que je m'étais engagée à faire m'avait seul empêchée jusqu'alors d'exécuter mon projet ; mais, si l'instant de partir devait jamais arriver pour moi, certes, il était venu ; je ne pouvais plus peindre : mon imagination attristée, flétrie par tant d'horreurs, cessait de s'exercer sur mon art ; d'ailleurs, des libelles affreux pleuvaient sur mes amis, sur mes connaissances, sur moi-même, hélas! et quoique, grâce au ciel, je n'eusse jamais fait de mal à personne, je pensais un peu comme celui qui disait : « On m'accuse d'avoir pris les tours de Notre-Dame ; elles sont encore en place ; mais je m'en vais, car il est clair que l'on m'en veut. »

Je laissais plusieurs portraits commencés, entre autres celui de Mlle Contat ; je refusai aussi dans ce moment de peindre Mlle de La Borde (depuis duchesse de Noailles), que son père m'amena : elle avait à peine seize ans et elle était charmante ; mais il ne s'agissait plus de succès, de fortune ; il s'agissait seulement de sauver sa tête. En conséquence, je fis charger ma voiture, et j'avais mon passe-port pour partir le lendemain avec ma fille et sa gouvernante, lorsque je vis entrer dans mon salon une foule énorme de gardes nationaux avec leurs fusils. La plupart d'entre eux étaient ivres, mal vêtus, et portaient des figures effroyables. Quelques-uns s'approchèrent de moi et me dirent dans les termes les plus grossiers que je ne partirais point, qu'il fallait rester. Je répondis que, chacun étant appelé alors à jouir de sa liberté, je voulais en profiter pour mon compte. A peine m'écoutaient-ils, répétant toujours : « Vous ne partirez pas, citoyenne, vous ne partirez pas. » Enfin ils s'en allèrent. Je restais plongée dans une anxiété cruelle, quand j'en vis rentrer deux, qui ne m'effrayèrent pas, quoiqu'ils fussent de la bande, tant je reconnus vite qu'ils ne me voulaient point de mal. « Madame, me dit l'un, nous sommes vos voisins ; nous venons vous donner le conseil de partir, et de partir le plus tôt possible. Vous ne pourriez pas vivre ici ; vous êtes si changée que vous nous faites de la peine. Mais n'allez pas dans votre voiture ; partez par la diligence, c'est bien plus sûr. »

Je les remerciai de tout mon cœur, et je suivis leurs bons avis. J'envoyai donc retenir trois places, voulant toujours emmener ma fille, qui avait alors cinq ou six ans ; mais je ne pus les avoir que quinze jours plus tard, toutes les personnes qui émigraient partant comme moi par la diligence.

Enfin ce jour si attendu fut le 5 octobre, le jour même où le roi et la reine furent amenés de Versailles à Paris au milieu des piques ! Mon frère fut témoin de l'arrivée de Leurs Majestés à l'Hôtel de Ville ; il entendit le discours de M. Bailly, et comme il savait que je devais partir dans la nuit, il revint chez moi vers dix heures du soir. « Jamais, me dit-il, la reine n'a été plus reine qu'aujourd'hui, lorsqu'elle est entrée d'un air si calme et si noble au milieu de ces énergumènes. » Puis il me rapporta cette belle réponse qu'elle avait faite à M. Bailly : « J'ai tout vu, tout su, et j'ai tout oublié. »

Les événements de cette journée m'accablaient d'inquiétude sur le sort de Leurs Majestés et sur celui des honnêtes gens, en sorte qu'à minuit on me traîna à la diligence dans un état qui ne peut se décrire. Je redoutais extrêmement le faubourg Saint-Antoine, que j'allais traverser pour gagner la barrière du Trône. Mon frère, le bon Robert, et mon mari m'accompagnèrent jusqu'à cette barrière, sans quitter un instant la portière de la diligence. Ce faubourg, dont nous avions une si grande peur, était d'une tranquillité parfaite ; tous ses habitants, ouvriers et autres, avaient été à Versailles chercher la famille royale, et la fatigue du voyage les tenait tous endormis.

J'avais en face de moi, dans la diligence, un homme extrêmement sale, et puant comme la peste, qui me dit fort simplement avoir volé des montres et plusieurs effets. Heureusement il ne vit rien sur moi qui pût le tenter ; car je n'emportais que très peu de linge et quatre-vingts louis pour mon voyage. J'avais laissé à Paris mes effets, mes bijoux, et le fruit de mon travail était resté dans les mains de mon mari qui dépensa tout, ainsi que je vous l'ai déjà dit (1).

Le voleur ne se contentait pas de nous raconter ses hauts faits, il parlait sans cesse de mettre à la lanterne telles ou telles gens, nommant ainsi une foule de personnes de ma connaissance. Ma fille trouvait cet homme méchant ; il lui faisait peur, ce qui me donna le courage de dire : « Je vous en prie, Monsieur, ne parlez pas de meurtre devant cette enfant. »

Il se tut, et finit par jouer à la bataille avec ma fille. Il se trouvait en outre, sur la banquette où j'étais assise, un forcené jacobin de Grenoble, âgé de cinquante ans environ, laid, au teint bilieux, qui, chaque fois que nous descendions dans une auberge pour dîner ou souper, se mettait à pérorer dans son sens de la plus terrible façon. Dans toutes les villes, une foule de gens arrêtaient la diligence pour apprendre des nouvelles de Paris. Notre jacobin s'écriait alors : « Soyez tranquilles, mes

MADAME VIGÉE-LE BRUN, PAR ELLE-MÊME

Eau-forte de Vivant-Denon

(1) J'ai vécu dans l'étranger des portraits que je faisais. Bien loin que M. Le Brun m'ait jamais fait passer de l'argent, il m'écrivait des lettres si lamentables sur sa détresse, que je lui envoyai une fois mille écus et une autre fois cent louis, de même que plus tard j'envoyai la même somme à ma mère.

enfants ; nous tenons à Paris le boulanger et la boulangère. On leur fera une Constitution; ils seront forcés de l'accepter,et tout sera fini. » Les gobe-mouches, dont on montait ainsi les têtes, croyaient cet homme comme un oracle. Tout cela me faisait cheminer bien tristement. Je ne craignais plus pour moi-même; mais je craignais pour tous, pour ma mère, mon frère, mes amis. Je tremblais aussi sur le sort de Leurs Majestés; car tout le long de la route, presque jusqu'à Lyon, des hommes à cheval s'approchaient de la diligence, pour nous dire que le roi et la reine étaient massacrés, que Paris était en feu. Ma pauvre petite fille devenait toute tremblante ; elle croyait voir son père et notre maison brûlés, et quand mes efforts parvenaient à la rassurer, arrivait bientôt un autre homme à cheval qui nous répétait ces horreurs.

Enfin, j'entrai dans Lyon; je me fis conduire chez M. Artaut, négociant, que j'avais quelquefois reçu chez moi, à Paris, ainsi que sa femme. Je les connaissais peu tous deux ; ils m'avaient inspiré de la confiance, vu que nos opinions étaient entièrement les mêmes sur tout ce qui se passait alors. Mon premier soin fut de leur demander s'il était vrai que le roi et la reine eussent été massacrés, et, grâce au ciel, pour cette fois on me rassura.

M. et Mme Artaut eurent d'abord quelque peine à me reconnaître, non seulement parce que j'étais changée à un point inimaginable, mais aussi parce que je portais le costume d'une ouvrière mal habillée, avec un gros fichu me tombant sur les yeux. J'avais eu lieu, sur ma route, de m'applaudir d'avoir pris cette précaution : je venais d'exposer au Salon le portrait qui me représente avec ma fille dans mes bras. Le jacobin de Grenoble parla de l'exposition, et fit même l'éloge de ce portrait. Je tremblais qu'il ne me reconnût ; j'employai toute mon adresse à lui cacher mon visage : grâce à ce soin et à mon costume, j'en fus quitte pour la peur.

Je passai trois jours à Lyon dans la famille Artaut. J'avais grand besoin de ce repos; mais à l'exception de mes hôtes, je ne vis personne de la ville, désirant conserver le plus strict incognito. M. Artaut arrêta pour moi un voiturier, auquel il dit que j'étais sa parente. Il me recommanda fortement à ce brave homme, qui eut en effet pour moi et pour ma fille tous les soins imaginables.

Je ne puis vous dire ce que j'éprouvai en passant sur le pont de Beauvoisin. Là seulement je commençai à respirer ; j'étais hors de France, de cette France qui pourtant était ma patrie et que je me reprochais de quitter avec joie. L'aspect des monts parvint à me distraire de toutes mes pensées. Je n'avais jamais vu de hautes montagnes ; celles de la Savoie me parurent toucher au ciel avec lequel un épais brouillard les confondait. Mon premier sentiment fut celui de la peur, mais je m'accoutumai insensiblement à ce spectacle, et je finis par admirer.

Le paysage du chemin des Échelles me ravit ; je crus voir la *Galerie des Titans*, et je l'ai toujours appelé ainsi depuis. Voulant jouir plus complètement de toutes ces beautés, je descendis de voiture ; mais à moitié du chemin à peu près, je fus saisie d'une grande terreur ; car on exploitait au moyen de la poudre une partie de rochers ; il en résultait l'effet d'un millier de coups de canon, et ce bruit, se répétant de roche en roche, était infernal.

Je montai le mont Cenis, comme plusieurs étrangers le montaient aussi ; un postillon s'approcha de moi : « Madame devrait prendre un mulet, me dit-il, car monter à pied, c'est trop fatigant pour une dame comme elle. » Je lui répondis que j'étais une ouvrière, bien accoutumée à marcher. « Ah ! reprit-il en riant, madame n'est pas une ouvrière, on sait qui elle est. — Eh bien ! qui suis-je donc? demandai-je. — Vous êtes Mme Le Brun, qui peint dans la perfection, et nous sommes tous très contents de vous savoir loin des méchants. » Je n'ai jamais pu deviner comment cet homme avait pu savoir mon nom ; mais cela m'a prouvé combien les jacobins avaient d'émissaires. Heureusement je ne les craignais plus ; j'étais hors de leur exécrable puissance. A défaut de patrie, j'allais habiter des lieux où fleurissaient les arts, où régnait l'urbanité ; j'allais visiter Rome, Naples, Berlin, Vienne, Pétersbourg, et surtout, ce que j'ignorais alors, chère amie, surtout j'allais vous trouver, vous connaître et vous aimer.

NOTES ET PORTRAITS

L'ABBÉ DELILLE

Jacques Delille n'a été toute sa vie qu'un enfant, le plus aimable, le meilleur et le plus spirituel enfant qu'on puisse voir. On l'appelait *chose légère*, et j'ai toujours été frappée de la justesse de ce mot ; car nul homme plus que lui n'effleurait la vie, sans s'attacher fortement à quoi que ce soit au monde. Jouissant de l'heure présente sans songer à l'heure qui devait suivre, il était rare qu'il fixât son esprit sur une pensée profonde. Rien n'était plus facile à qui voulait prendre de l'empire sur lui que de le conduire et de l'entraîner : son mariage en est une bien forte preuve. Avec qui n'avait-il pas gémi de la chaîne qu'il portait, alors qu'il était encore temps de la rompre! Enfin, un ami le décide à reprendre sa liberté, et lui offre un asile. Delille accepte ; ravi, tout à fait résolu, il demande seulement une heure pour aller se munir de quelques effets. Le soir, cet ami, ne le voyant point reparaître, va le chercher. « Eh bien? — Eh bien! répond Delille, je l'épouse, mon ami ; j'espère que tu voudras bien me servir de témoin. »

Le comte de Choiseul-Gouffier, avec qui il était intimement lié, et qui partait pour la Grèce, lui avait parlé plusieurs fois du désir qu'il avait de l'emmener avec lui ; cependant rien n'était convenu, rien n'était arrêté entre eux pour ce voyage. Le jour du départ, le comte va chez l'abbé et lui dit : « Je pars à l'instant, venez avec moi, la voiture est prête. » Et l'abbé monte, sans avoir fait aucuns préparatifs, auxquels à la vérité M. de Choiseul avait pourvu.

Arrivé à Marseille, Delille se promène sur le rivage, regarde la mer ; une profonde mélancolie s'empare de lui. « Je ne pourrai jamais, se dit-il, mettre cette immensité entre mes amis et moi ; non, je n'irai pas plus loin. » Alors il quitte furtivement M. de Choiseul, et va se cacher dans un petit cabaret, un véritable bouchon, où il se croit introuvable ; mais, à force de recherches, M. de Choiseul le découvre, le ramène et l'embarque avec lui.

Eloigné de ses amis, il ne les oublia jamais, et leur donnait souvent de ses nouvelles. Il m'écrivit plusieurs fois d'Athènes; dans une de ces lettres, il me disait avoir inscrit mon nom sur le temple de Minerve; ce que m'étant rappelé à Naples, je lui écrivis, à mon tour, qu'avec beaucoup plus de raison j'avais écrit le sien sur le tombeau de Virgile. Je regretterai toujours la perte que j'ai faite et des lettres de l'abbé Delille, et de celles que M. de Vaudreuil m'adressait pendant le voyage qu'il fit en Espagne avec le comte d'Artois, qui étaient pleines de détails intéressants sur ce pays. Je confiai le tout à mon frère en quittant la France, et dans le temps des visites domiciliaires, mon frère jugea prudent de brûler ces correspondances.

L'abbé Delille a passé sa vie dans la

haute société, dont il faisait le plus brillant ornement. Non seulement il disait ses vers d'une manière ravissante ; mais son esprit si fin, sa gaieté si naturelle, donnaient à sa conversation un charme indicible. Personne ne contait comme lui ; il

L'ABBÉ DELILLE

Gravure de Miger

faisait les délices de tous les cercles par mille récits, par mille anecdotes, sans jamais y mêler le fiel ou la satire ; aussi peut-on dire que tout le monde l'aimait, comme on peut dire aussi qu'il aimait tout le monde. Ce dernier mérite, si c'en est un, tenait en lui, je pense, à cette faiblesse de caractère dont j'ai déjà parlé. Il ne savait pas plus haïr que résister, et, dans l'ordinaire de la vie, sa facilité était vraiment rare. Vous avait-il promis de venir dîner chez vous ; au moment de partir pour s'y rendre, s'il arrivait une personne qui vînt le chercher, elle vous l'enlevait, et vous l'attendiez en vain. Je me souviens qu'un jour, comme nous lui reprochions d'avoir ainsi manqué de parole, il nous prouva qu'il avait réponse à tout : « Je me persuade dit-il, que celui qui vient me chercher est plus pressé que celui qui m'attend. »

Il avait des traits de bonhomie qui rappelaient beaucoup La Fontaine. Un soir qu'il venait de souper chez moi, je lui dis : « L'abbé, il est bien tard ; vous demeurez si loin que je m'inquiète de vous voir retourner à cette heure-ci, menant votre cabriolet. — J'ai toujours la précaution de porter un bonnet de nuit dans ma poche » répondit-il. Je lui proposai alors de lui faire établir un lit dans mon salon. « Non, non, dit-il, j'ai dans votre rue un ami chez lequel je vais coucher très souvent ; cela ne le gêne en rien, et je puis m'y rendre à toute heure. » Ce qu'il fit aussitôt.

Nul être ne jouissait autant de la vie, n'en effleurait davantage tous les charmes : toujours prêt à rire, à s'amuser, Delille avait une sorte de bonheur qui ressemblait au bonheur d'un enfant. Ce même homme pourtant a déployé la plus grande énergie tant qu'a duré la Révolution. Tout le monde sait avec quel glorieux courage il repoussa Chaumette, procureur de la Commune, qui lui commandait en 1793 une ode à la déesse de la Raison. Delille ne pouvait

LE COMTE DE VAUDREUIL

Peinture de Madame Le Brun (1784)

(Appartient à M. Sortais)

ignorer que son refus était son arrêt de mort, et c'est alors qu'il fit ce beau dithyrambe sur l'immortalité de l'âme ; il le lut à Chaumette, et, quand il en fut à ces vers :

Oui, vous qui, de l'Olympe usurpant le tonnerre,
Des éternelles lois renversez les autels ;
Lâches oppresseurs de la terre,
Tremblez, vous êtes immortels !

Il s'arrêta, regarda le tribun, et répéta d'une voix forte et assurée : « Vous aussi, tremblez, vous êtes immortel. » Chaumette, quoique fort interdit, murmura quelques menaces. « Je suis tout prêt, répondit Delille, je viens de vous lire mon testament. » Pour cette fois, le courage de l'honnête homme eut un heureux succès, car Chaumette le quitta pour aller dire à ses amis qu'il n'était pas encore temps de faire mourir Delille que depuis il ne cessa de protéger. Le poète n'en crut pas moins qu'il était prudent d'émigrer ; il passa en Angleterre, où il se vit accueilli et recherché par tout ce qu'on y trouvait de personnes distinguées et recommandables.

Sa muse garda toujours son feu sacré pour ses rois légitimes. Sous le règne de l'usurpateur qui faisait trembler le monde entier, il fit paraître son poème de *la Pitié*, et, rentré en France, il eut le courage, plus rare peut-être, de résister aux feintes caresses d'un pouvoir absolu. Il ne craignit pas de s'exposer à la disgrâce pour conserver sa propre estime, l'estime de ses amis et l'admiration générale dont il a joui jusqu'à son dernier jour.

LE COMTE DE VAUDREUIL

Né dans un rang élevé, le comte de Vaudreuil devait encore plus à la nature qu'à la fortune, quoique celle-ci l'eût comblé de tous ses dons. Aux avantages que donne une haute position dans le monde, il joignait toutes les qualités, toutes les grâces qui rendent un homme aimable ; il était grand, bien fait, son maintien avait une noblesse et une élégance remarquables ; son regard était doux et fin, sa physionomie extrêmement mobile comme ses idées, et son sourire obligeant prévenait pour lui au premier abord. Le comte de Vaudreuil avait beaucoup d'esprit, mais on était tenté de croire qu'il n'ouvrait la bouche que pour faire valoir le vôtre, tant il vous écoutait d'une manière aimable et gracieuse ; soit que la conversation fût sérieuse ou plaisante, il en savait prendre tous les tons, toutes les nuances, car il avait autant d'instruction que de gaieté ; il contait admirablement, et je connais des vers de lui que les gens les plus difficiles citeraient avec éloge ; mais ces vers n'ont été lus que par ses amis ; il désirait d'autant moins les répandre, qu'il s'est permis d'employer dans quelques-uns l'esprit et la forme de l'épigramme ; il fallait à la vérité, pour qu'il agît ainsi, qu'une mauvaise action eût révolté son âme noble et pure, et l'on peut dire que, s'il montrait peu de pitié pour tout ce qui était mal, il s'exaltait vivement pour tout ce qui était bien. Personne ne servit aussi chaudement ceux qui possédaient son estime ; si l'on attaquait ses amis, il les défendait avec tant d'énergie, que les gens froids l'accusaient d'exagération. « Vous devez me juger ainsi, répondit-il une fois à un égoïste de notre connaissance ; car je prends à tout ce qui est bon, et vous ne prenez à rien. »

La société qu'il recherchait de préférence était celle des artistes et des gens de lettres les plus distingués ; il y comptait des amis qu'il a toujours conservés, même parmi ceux dont les opinions politiques n'étaient point les siennes.

Il aimait tous les arts avec passion, et ses connaissances en peinture étaient très remarquables. Comme sa fortune lui permettait de satisfaire des goûts fort dispendieux, il avait une galerie de tableaux des plus grands maîtres de diverses écoles ; son salon était enrichi de meubles précieux et d'ornements du meilleur goût. Il donnait fréquemment des fêtes magnifiques et qui tenaient de la féerie, au point qu'on l'appelait l'enchanteur ; mais sa plus grande jouissance pourtant était de soulager les malheureux ; aussi, combien a-t-il fait d'ingrats !

La seule contradiction que l'on pût remarquer dans cet esprit si sain et si droit, c'est que M. de Vaudreuil se plaignait très souvent de vivre à la Cour, quand il était clair pour tous ses amis qu'il n'aurait pu vivre ailleurs. En y réfléchissant néanmoins, je me suis expliqué cette bizarrerie. La belle trempe de son âme faisait de lui un enfant de la nature, qu'il aimait et dont il jouissait trop peu; son rang l'éloignait trop souvent d'un monde dans lequel la solidité de son esprit, son goût pour les arts l'entrainaient sans cesse; puis d'un autre côté il lui plaisait sans doute d'occuper à la Cour une place

si distinguée, qu'il devait à son mérite personnel, à son caractère franc et loyal. D'ailleurs il adorait son prince, Mgr le comte d'Artois, qu'il n'a jamais flatté et qu'il n'a jamais quitté dans ses malheurs. Il est rare qu'une pareille amitié s'établisse entre deux hommes, dont l'un est né si près d'un trône ; car cette amitié était réciproque. En 1814, il arriva que M. de Vaudreuil eut une discussion avec Mgr le comte d'Artois, et à ce sujet il lui écrivit une longue lettre dans laquelle il lui disait qu'il lui semblait cruel d'être ainsi en contradiction après trente ans d'amitié. Le prince lui répondit en deux lignes : « Tais-toi, vieux fou, tu as perdu la mémoire, car il y a quarante ans que je suis ton meilleur ami. »

Pendant l'émigration, et dans un âge avancé, il se maria en Angleterre avec une de ses cousines, très jeune et très jolie ; il en eut deux fils, et fut aussi bon mari que bon père. De longs malheurs, la perte entière de sa fortune que la Restauration ne lui a point fait recouvrer, ne sont jamais parvenus à l'abattre ; il a conservé le même cœur et le même esprit jusqu'à son dernier moment.

A la Restauration, il avait été nommé gouverneur du Louvre ; aussi peut-on remarquer qu'il a terminé ses jours près de l'enceinte où sont enfermés les chefs-d'œuvre que pendant sa vie il avait tant admirés. Son âme tendre éprouvant le besoin d'élever ses affections plus haut que cette terre, il était devenu très pieux, mais sans aucune bigoterie. Ces sentiments ont adouci sa fin, et il est mort entouré de ses amis, dans les bras de son prince chéri, qui ne l'a point quitté.

Les vers suivants, adressés à M. de Vaudreuil par le poète Lebrun, justifient ce que je viens de dire.

A M. LE COMTE DE VAUDREUIL

Une Grâce, une Muse, en effet, m'a remis
Les jolis vers dictés par le dieu du Parnasse
Au plus céleste des amis,
A Mécène — Vaudreuil, qui chante comme Horace,
Eh quoi ! l'ennui des cours n'a donc rien qui vous glace ?
Quoi ! votre luth brillant n'est jamais détendu ?
Vous puisez dans votre âme un art divin de plaire,
Et vous joignez toujours le bien dire au bien faire.
Horace avec plaisir chez vous s'était perdu ;
Vous en avez si bien l'esprit et le langage,
Que par un charmant badinage
Vous me l'avez deux fois rendu.

LA COMTESSE DE SABRAN

DEPUIS MARQUISE DE BOUFFLERS

J'avais fait connaissance avec elle quelques années avant la Révolution. Elle était alors fort jolie, ses yeux bleus exprimaient sa finesse et sa bonté. Elle aimait les arts et les lettres, faisait de très jolis vers, racontait à merveille, et tout cela sans montrer la moindre prétention à quoi que ce soit. Son esprit naïf et gai avait une simplicité toute gracieuse qui la faisait aimer et rechercher généralement, sans qu'elle se prévalût en rien de ses nombreux succès dans le monde. Quant aux qualités de son cœur, il suffira de dire qu'une tendresse extrême pour son fils n'empêchait point qu'elle n'eût beaucoup d'amis, auxquels elle est toujours restée fidèle et dévouée.

Mme de Sabran était une des femmes que je voyais le plus souvent, que j'allais chercher et que je recevais chez moi avec le plus de plaisir. Près d'elle, on n'a jamais connu l'ennui ; aussi fus-je charmée, dans l'émigration, de la retrouver en Prusse. Elle était alors établie à Reinsberg, chez le prince Henri, le même que le chevalier de Boufflers, qu'elle a depuis épousé. Rentrée en France et dans les derniers temps de sa vie, elle devint aveugle. Son fils alors ne la quitta plus; son bras, pour ainsi dire, était attaché à celui de sa mère, et vraiment on pouvait envier le sort de M. de Sabran ; car, malgré ses souffrances et son âge, Mme de Boufflers, toujours bonne, toujours aimable, conservait ce charme qui plaît et qui attire tout le monde. Je me rappelle que sur la fin de sa vie, Forlense, fameux oculiste, venant de lui faire l'opération de la cataracte, elle était obligée de se tenir dans la plus grande obscurité. Un soir, j'allais la voir, je la trouve seule sans lumière, je croyais n'y rester qu'un moment ; mais le charme toujours renaissant de cette conversation si piquante, si pleine d'anecdotes que personne ne savait conter ainsi, me retint plus de trois heures auprès d'elle. Je pensais en l'écoutant, que, ne voyant rien, ne recevant aucune distraction des objets extérieurs, elle lisait en elle-même, si je puis m'exprimer ainsi, et cette sorte de lanterne magique de choses et d'idées, qu'elle me retraçait avec tant de grâce, me retenait là. Je ne la quittai qu'à regret, car jamais je ne l'avais trouvée plus aimable.

COMTESSE DE SABRAN

Peinture de Madame Le Brun.

Gravure de Berger (1787)

Mme de Boufflers n'a laissé que deux enfants, son fils, M. le comte de Sabran, bien connu aussi non seulement par son esprit plein de finesse, mais encore par des fables charmantes qu'il récite dans la perfection, et Mme de Custine, que j'ai connue dans sa jeunesse et qui ressemblait alors au printemps. Elle était passionnée pour la peinture, et copiait parfaitement les grands maîtres, dont elle imitait le coloris et la vigueur, au point, qu'en entrant un jour dans son cabinet, je pris sa copie pour l'original. Elle ne me cacha point tout le plaisir que lui causait mon erreur ; car elle était aussi naturelle qu'elle était aimable et belle.

LEBRUN, LE POÈTE

Je ne crois pas avoir eu pour aucun auteur vivant autant d'admiration que j'en avais pour Lebrun, qui s'était lui-même surnommé *Pindare*. Le caractère grandiose de ses poésies excitait tellement mon enthousiasme que j'avais pris pour ce poète une véritable amitié. Tout prodigieux qu'était l'orgueil de cet homme, je le trouvais si naturel qu'il ne me venait point en tête que le ridicule dût jamais s'y attacher. Ainsi, le jour où Lebrun termina son ode intitulée *Exegi monumentum* et qu'il nous la fit entendre, il put arriver à ces vers :

> Comme un cèdre aux vastes ombrages
> Mon nom, croissant avec les âges,
> Règne sur la postérité.
> Siècles, vous êtes ma conquête ;
> Et la palme qui ceint ma tête
> Rayonne d'immortalité.

sans que personne de nous y trouvât rien à dire, sinon : « C'est superbe ! c'est vrai ! »

Lebrun venait très souvent chez moi ; je n'arrangeais pas la plus petite réunion que je ne l'invitasse un des premiers, et mon admiration pour son talent me le faisait aimer au point que je ne pouvais souffrir que l'on dît du mal de lui. Un jour, j'avais quelques personnes à dîner ; j'entendis attaquer sa moralité de la façon la plus grave.

On disait, entre autres choses, qu'il avait vendu sa femme au prince de Conti. On sent bien que je n'en voulus rien croire ; j'étais furieuse : « Ne m'a-t-on pas aussi calomniée ? disais-je dans ma colère. Voyez toutes les absurdités que l'on débite sur moi au sujet de M. de Calonne ! Ce que vous dites n'est pas plus vrai, j'en suis certaine. » Enfin, voyant que je ne parvenais pas à dissuader les accusateurs, je pris le parti de quitter la table pour aller pleurer dans ma chambre à coucher. Doyen arrive, il me trouve en larmes. « Eh ! qu'avez-vous donc, mon enfant ? dit-il. — Je n'ai pu tenir avec cesmessieurs, répondis-je, ils calomnient Lebrun d'une manière horrible. » Et je lui racontai ce qui s'était dit. Doyen sourit. « Je ne prétends pas, reprit-il, que tout ceci soit vrai ; mais vous êtes trop jeune, ma chère amie, pour savoir que la plupart des beaux esprits ont tout à la maison de campagne, et rien à la maison de ville, autrement dit tout dans la tête et rien dans le cœur. » Plus tard, je me suis rappelé bien des fois ce mot de Doyen.

Lorsque j'ai connu Lebrun, il était fort pauvre, et toujours vêtu comme un misérable. M. de Vaudreuil, qui n'avait pas tardé à s'enflammer avec raison pour son beau talent, lui envoya, sans se faire connaître, un grand coffre rempli de linge et d'habits. Je ne sais si le poète est parvenu à deviner l'auteur de ce don anonyme ; mais, la Révolution venue, il est de fait qu'il n'a jamais vociféré contre M. de Vaudreuil autant qu'il vociférait contre beaucoup d'autres. A la vérité, M. de Vaudreuil ne négligeait aucune occasion de le faire connaître et de répandre sa réputation. Lebrun n'avait encore rien imprimé que le comte, ravi de l'ode sur les *Courtisans*, parla de cette ode à la reine, qui lui marqua quelque désir de la connaître. M. de Vaudreuil s'empressa de l'apporter et de la lire à Sa Majesté. Quand il eut fini : « Savez-vous, lui dit la reine, qu'il nous ôte notre enveloppe ? »

M. de Vaudreuil me rapporta cette réflexion si juste : elle me frappa beaucoup plus qu'elle ne l'avait frappé lui-même ; car il ne voulait voir dans tout cela que de la philosophie poétisée, tandis que Lebrun et ses pareils prêchaient pour l'avenir. La preuve en est que, pendant la Révolution, ce Pindare devint atroce. Ses strophes sur la mort du roi et de la reine sont infernales. Pour la honte de sa mémoire, je voudrais qu'elles fussent imprimées en face du quatrain composé par lui, le jour où le roi lui fit une pension, et qui finit ainsi :

> Larmes que n'avait pu m'arracher le malheur,
> Coulez pour la reconnaissance.

Bien loin de là, l'aimable et bon M. Després a supprimé, dans le nouveau recueil des poésies de Lebrun, toutes les horreurs, espérant sans doute les faire oublier à jamais. Pour moi, j'aime mieux que justice soit faite, et cela, quel que soit le talent de l'homme.

A ma rentrée en France, Lebrun vivait encore ; mais ni lui ni moi n'avons jamais désiré nous revoir.

CHAMFORT

De tous les gens de lettres qui venaient chez moi, il en était un que j'ai toujours détesté, comme par inspiration de l'avenir : c'était Chamfort. Je le recevais pourtant très souvent, par complaisance pour quelques-uns de mes amis, notamment pour M. de Vaudreuil, dont il avait gagné le cœur, d'autant plus qu'il était malheureux. Sa conversation était fort spirituelle, mais âcre, pleine de fiel et sans aucun charme pour moi, à qui, du reste, son cynisme et sa saleté déplaisaient souverainement. Son véritable nom était Nicolas ; il le changea sur le conseil de M. de Vaudreuil, qui désirait le pousser dans le monde, et même à la Cour s'il était possible. M. de Vaudreuil l'avait parfaitement logé chez lui, et, vivant presque toujours à Versailles, en son absence il faisait servir une table pour Chamfort et ceux qu'il plaisait à Chamfort d'inviter. Enfin, il traitait cet homme comme un frère ; et cet homme, quand ses amis les révolutionnaires lui reprochaient plus tard d'avoir vécu dans la maison d'un *ci-devant noble*, répondait lâchement : « Que voulez-vous? j'étais Platon à la cour du tyran Denys. » Je vous demande quel tyran c'était que M. de Vaudreuil ! mais aussi quel Platon était-ce que Chamfort !

LE POÈTE
PONCE-ECOUCHARD LE BRUN

Peint par Beauminil
Gravé par Gérard

Des liaisons intimes avec Mirabeau et, par-dessus tout, l'envie des grands, qui, de tout temps avait rongé son âme, n'avaient pas tardé à faire de Chamfort un partisan énergumène de la Révolution. Oubliant ou plutôt se rappelant qu'il avait été secrétaire des commandements de M. le prince de Condé et de Madame Elisabeth, qui tous deux l'avaient comblé de bienfaits, on sait qu'il se montra un des plus ardents ennemis du trône et de la noblesse. En dépit du proverbe qui prétend que les loups ne se mangent point entre eux, Chamfort fut mis en prison par les hommes qu'avaient si bien servis sa voix et sa plume ; et comme on venait l'arrêter une seconde fois, après qu'il en fut sorti, il se coupa la gorge avec son rasoir.

LA MARQUISE DE GROLLIER

Mme de Grollier, quoiqu'elle recherchât peu le monde, était connue de toute la haute société, dont elle faisait le charme et l'ornement par son esprit supérieur. L'éducation qu'elle avait reçue était fort au-dessus de celle que reçoivent habituellement les femmes : elle savait le grec, le latin, et connaissait parfaitement les maîtres classiques ; mais, dans un salon, elle ne montrait jamais que son esprit et cachait son savoir. Une personne médiocre peut se prévaloir avec orgueil de quelque légère instruction ; Mme de Grollier, toujours simple, toujours naturelle, n'annonçait aucune prétention et n'avait aucune pédanterie.

Dans les premiers temps de mon mariage, j'allais fort rarement dans le monde, je préférais aux nombreuses réunions les très petits comités de la marquise de Grollier ; il m'arrivait même souvent, ce que j'aimais beaucoup mieux, de passer ma soirée entière seule avec elle. Sa conversation, toujours animée, était riche d'idées, pleine de traits, et pourtant on ne pourrait citer, parmi tant de bons mots qui lui échappaient sans cesse, un seul mot qui fût entaché de médisance ; ceci est d'autant plus remarquable, que cette femme si supérieure devait à son tact, à l'extrême finesse de son esprit, une parfaite connaissance des hommes, et qu'elle était un peu misanthrope ; plus d'une fois ses discours m'en fournissaient la preuve ; par exemple, elle avait un chien qui, lorsqu'elle est devenue sourde et aveugle, faisait le bonheur de tous ses instants ; j'en avais un aussi que j'aimais beaucoup.

Un jour que nous nous entretenions ensemble de l'attachement et de la fidélité de nos deux petites bêtes : « Je voudrais, dis-je, que les chiens pussent parler, ils nous diraient de si jolies choses ! — S'ils parlaient, ma chère, répondit-elle, ils entendraient, et seraient bientôt corrompus. »

Mme de Grollier peignait les fleurs avec une grande supériorité. Bien loin que son talent fût ce qu'on appelle un talent d'amateur, beaucoup de ses tableaux pourraient être placés à côté de ceux de Van Spaendonck, dont elle était l'élève ; elle parlait peinture à merveille, comme elle parlait de tout, au reste, car je ne suis jamais sortie du salon de Mme de Grollier sans avoir appris quelque chose d'intéressant ou d'instructif ; aussi je ne la quittais qu'avec regret, et j'avais tellement l'habitude d'aller chez elle, que mon cocher m'y menait sans que je lui dise rien, ce qu'elle m'a bien souvent rappelé d'un air tout aimable.

Comme il faut des ombres aux tableaux, quelques personnes ont reproché à Mme de Grollier de l'exagération dans ses sentiments et dans ses opinions. Il est bien certain que, sur toute espèce de choses, elle avait un peu d'exaltation dans l'esprit ; mais il en résultait tant de générosité de cœur, tant de noblesse d'âme, qu'elle a dû à cette façon d'être des amis véritables et dévoués, qui lui sont restés fidèles jusqu'à son dernier jour. Personne, d'ailleurs, n'avait, autant que Mme de Grollier, ce charme dans les manières, ce ton parfait, que l'on ne connaît plus aujourd'hui et qui semble avoir fini avec elle ; car, hélas ! elle a fini, et cette pensée est une des bien tristes pensées de ma vie ; elle a fini, jouissant encore des hautes facultés de son esprit.

J'ai su que, peu d'instants avant d'expirer, elle se souleva sur son séant, et, les yeux levés au ciel, ses cheveux blancs épars, elle adressa à Dieu une prière qui fit fondre en larmes et saisit d'admiration tous ceux qui l'écoutaient. Elle pria pour elle, pour son pays, pour cette Restauration qu'elle croyait devoir assurer le bonheur des Français. Elle parla longtemps comme Homère, comme Bossuet, et rendit le dernier soupir.

MADAME DE GENLIS

J'ai connu Mme de Genlis avant la Révolution. Elle vint me voir, me présenta aux jeunes princes d'Orléans, dont elle faisait l'éducation, puis, peu de temps après, elle m'amena Paméla, qui me parut aussi jolie qu'on peut l'être. Mme de Genlis était coquette pour cette jeune personne, dont elle cherchait à faire valoir les charmes. Je me rappelle qu'elle lui faisait prendre différentes attitudes, lever les yeux au ciel, donner à son beau visage diverses expressions, et quoique tout cela fût fort agréable à voir, il me parut qu'une aussi profonde étude de coquetterie pourrait profiter beaucoup trop à l'écolière.

La conversation de Mme de Genlis m'a toujours semblé préférable à ses ouvrages, quoiqu'elle en ait fait de charmants, notamment *Mademoiselle de Clermont*, que je regarde comme son chef-d'œuvre. Mais lorsqu'elle causait, son langage avait un certain abandon, et sur plusieurs points une certaine franchise, qui manquent à ses écrits.

Elle racontait d'une manière ravissante, et pouvait raconter beaucoup ; car nul, je crois, n'avait vu, soit à la Cour, soit à la ville, plus de personnes et plus de choses qu'elle n'en avait vu. Ses moindres discours avaient un charme dont il est difficile de donner l'idée. Ses expressions avaient tant de grâce, le choix de tous ses mots était de si bon goût, qu'on aurait voulu pouvoir écrire ce qu'elle disait.

Au retour de mes voyages, elle vint un matin chez moi, et, comme elle m'avait annoncé sa visite, j'en avertis plusieurs personnes de ma connaissance, dont quelques-unes n'aimaient point Mme de Genlis. A peine eut-elle causé, pendant une demi-heure, qu'amis et ennemis, tout était ravi, et comme enchanté par sa conversation si brillante.

Mme de Genlis n'a jamais dû être précisément jolie ; elle était grande et très bien faite ; elle avait beaucoup de physionomie, le regard et le sourire très fins. Je pense que sa figure aurait pris difficilement l'expression de la bonté ; mais elle prenait toute autre expression avec une mobilité prodigieuse.

MADAME DE VERDUN

Sans être célèbre comme la femme dont je viens de parler, Mme de Verdun peut être citée pour son esprit si fin et si naturel à la fois.

La bonté, la gaieté de son caractère la faisaient rechercher généralement et je puis regarder comme un bonheur de ma vie qu'elle ait été ma première et qu'elle soit encore ma meilleure amie. Son mari était fermier général ; c'était un homme froid en apparence, mais plein d'esprit et de bonté, et qui ne pouvait voir des malheureux sans se presser de les secourir. Il était propriétaire du château de Colombes, près Paris.

Ce château avait anciennement été habité par la reine Henriette d'Angleterre ; les murs des salons et des galeries étaient presque tous peints par Simon Vouet ; mais l'humidité avait terni ses peintures remarquables, et M. de Verdun, très amateur et connaisseur, ayant entrepris de les faire réparer, y réussit parfaitement.

Je suis allée fort souvent habiter ce château plusieurs jours de suite. M. et Mme de Verdun y réunissaient la société la plus aimable, composée d'artistes, de gens de lettres et d'hommes spirituels. Carmontelle, ami intime des maîtres de la maison, nous était d'une ressource extrême ; il nous faisait jouer ses proverbes. D'ailleurs la conversation habituelle ne permettait pas que l'ennui nous gagnât, tant elle était vive et animée.

Il serait inutile aujourd'hui de chercher à retrouver les jouissances qui provenaient alors du charme de la conversation.

L'abbé Delille m'écrivait à Rome : « La politique a tout perdu ; on ne cause plus à Paris. » A mon retour en France, en effet, je ne me suis que trop assurée de cette vérité. Entrez dans quelque salon que ce soit, vous trouverez les femmes bâillant en cercle, et les hommes, dans un coin du salon, se disputant sur telle ou telle loi ; nous avons vu finir, comme tant d'autres choses, ce qu'on appelait la conversation, c'est-à-dire un des plus grands charmes de la société française.

La Révolution vint mettre fin à tous les plaisirs de Colombes. Comme on savait M. de Verdun fort riche, on ne tarda pas à le mettre en prison, et l'on peut juger du désespoir de sa femme qui l'adorait. Il faut dire à l'honneur de l'humanité, qu'aussitôt que la nouvelle de sa détention fut arrivée à Colombes, les paysans s'assemblèrent et vinrent tous à Paris réclamer en pleurant leur bienfaiteur.

Cette démarche empêcha les autorités d'oser le mettre à mort ; néanmoins il restait toujours prisonnier quand ces braves gens revinrent une seconde fois, et renouvelèrent leur demande avec tant d'instances, qu'ils obtinrent enfin sa liberté.

Mme de Verdun, en apprenant cette nouvelle, éprouva une si grande joie, qu'elle en perdit la tête, au point qu'elle envoya chercher deux fiacres pour aller prendre son mari à la prison, pensant ainsi arriver plus vite.

OBERT

Robert, peintre en paysage, excellait surtout à représenter des ruines; ses tableaux dans ce genre peuvent être placés à côté de ceux de Jean-Paul Panini. Il était de mode, et très magnifique, de faire peindre son salon par Robert; aussi le nombre des tableaux qu'il a laissés est-il vraiment prodigieux. Il s'en faut bien, à la vérité, que tous soient de la même beauté; Robert avait cette extrême facilité qu'on peut appeler heureuse, qu'on peut appeler fatale : il peignait un tableau aussi vite qu'il écrivait une lettre; mais quand il voulait captiver cette facilité, ses ouvrages étaient souvent parfaits. On en connaît de lui qui font très bien pendant à ceux de Vernet.

HUBERT ROBERT

D'après la peinture de Madame Le Brun

De tous les artistes que j'ai connus, Robert était le plus répandu dans le monde, que du reste il aimait beaucoup. Amateur de tous les plaisirs, sans en excepter celui de la table, il était recherché généralement, et je ne crois pas qu'il dînât chez lui trois fois dans l'année. Spectacles, bals, repas, concerts, parties de campagne, rien n'était refusé par lui; car tout le temps qu'il n'employait point au travail, il le passait à s'amuser.

Il avait de l'esprit naturel, beaucoup d'instruction, sans aucune pédanterie, et l'intarissable gaieté de son caractère le rendait l'homme le plus aimable qu'on pût voir en société. De tout temps, Robert avait été renommé pour son adresse à tous les exercices du corps, et dans un âge fort avancé il conservait encore les goûts de sa jeunesse. A soixante ans passés, quoiqu'il fût devenu fort gros, il était resté si leste, qu'il courait mieux que personne dans une partie de barres, jouait à la paume, au ballon, et nous réjouissait par des tours d'écolier qui nous faisaient rire aux larmes. Un jour, par exemple, à Colombes, il traça sur le parquet du salon une longue raie avec du blanc d'Espagne; puis, costumé en saltimbanque, un balancier dans les mains, il se mit à marcher gravement, à courir sur cette ligne, imitant si bien les attitudes et les gestes d'un homme qui danse sur la corde, que l'illusion était parfaite, qu'on n'a rien vu d'aussi drôle. Étant élève à l'Académie de Rome, Robert avait au plus vingt ans lorsqu'il paria six cahiers de papier gris avec ses camarades, qu'il monterait tout seul au plus haut du Colysée. L'étourdi, bien qu'en risquant mille fois sa vie, parvint en effet jusqu'au faîte ; mais, lorsqu'il lui fallut descendre, n'ayant plus les saillies de pierres qui l'avaient aidé à monter, on fut obligé de lui jeter par une des fenêtres une corde qu'il saisit, à laquelle il s'attacha, et, lancé dans l'espace, il eut le bonheur qu'on réussît à le faire rentrer dans l'intérieur du monument. Le seul récit de ce tour de force fait dresser les cheveux. Robert est le seul homme qui ait jamais osé le tenter, et cela pour six cahiers de papier gris !

C'est encore Robert qui s'est perdu à Rome dans les catacombes, et que l'abbé Delille a chanté dans son poème de l'*Imagination*. Mme de Grollier, qui, comme nous, connaissait par Robert l'aventure des catacombes, après avoir entendu les vers de l'abbé Delille, disait : « L'abbé Delille m'a fait plus de plaisir, mais Robert plus de peur. »

Le bonheur dont fut accompagnée toute la vie de Robert semble avoir présidé aussi à sa mort. Le bon, le joyeux artiste n'a point prévu sa fin, n'a point enduré les angoisses de l'agonie ; il était fort bien portant, et tout habillé pour aller dîner en ville ; Mme Robert, qui venait elle-même de terminer sa toilette, passa dans l'atelier de son mari pour l'avertir qu'elle était prête, et le trouva mort, frappé d'un coup d'apoplexie foudroyante.

LA DUCHESSE DE POLIGNAC

Il n'est point de calomnie, point d'horreurs que l'envie et la haine n'aient inventées contre la duchesse de Polignac ; tant de libelles ont été écrits pour la perdre, que, joints aux vociférations des révolutionnaires, ils ont dû laisser, dans l'esprit de quelques gens crédules, l'idée que l'amie de Marie-Antoinette était un monstre. Ce monstre, je l'ai connu : c'était la plus belle, la plus douce, la plus aimable femme qu'on pût voir.

Quelques années avant la Révolution, la duchesse de Polignac vint chez moi, et j'ai fait plusieurs fois son portrait, de même que celui de sa fille, la duchesse de Guiche. Mme de Polignac avait l'air si jeune qu'on pouvait la croire sœur de sa fille ; et toutes deux étaient les plus jolies femmes de la Cour. Mme de Guiche aurait parfaitement servi de modèle pour représenter une des Grâces ; quant à sa mère, je n'essayerai pas de dépeindre sa figure ; cette figure était céleste.

La duchesse de Polignac joignait à sa beauté, vraiment ravissante, une douceur d'ange, l'esprit à la fois le plus attrayant et le plus solide. Tout ceux qui l'ont connue intimement peuvent dire que l'on s'expliquait bien vite comment la reine l'avait choisie pour amie, car elle était véritablement l'amie de la reine ; elle dut à ce titre celui de gouvernante des Enfants de France ; aussitôt, la rage de toutes les femmes qui désiraient cette place ne lui laissa plus de repos ; mille calomnies atroces furent lancées sur elle. Il m'est arrivé souvent d'entendre discourir les personnes de la Cour qui lui étaient opposées, et j'avoue que je m'indignais d'une méchanceté si noire et si persévérante.

Ce qu'aucun courtisan ne pouvait croire, quoique ce fût l'exacte vérité, c'est que Mme de Polignac n'avait point envié la place qu'elle occupait ; il se peut que sa famille se réjouit de l'y voir élevée, mais elle-même n'avait cédé qu'à son respect pour le désir de la reine et aux instances réitérées du roi ; ce qu'elle ambitionnait avant tout, c'était sa liberté, au point que la vie de la Cour ne lui convenait nullement ; indolente, paresseuse, le repos aurait fait ses délices, et les devoirs de sa place lui semblaient le plus lourd fardeau. Un jour que je faisais son profil à Versailles, il ne se passait pas cinq minutes sans que notre porte s'ouvrit ; on venait lui demander ses ordres, et mille choses qu'il fallait pour les enfants. « Eh bien ! me dit-elle enfin d'un air accablé, tous les matins ce sont les mêmes demandes, je n'ai pas un instant à moi jusqu'à l'heure du dîner, et le soir d'autres fatigues m'attendent. »

Au château de la Muette, dans lequel

elle passa la belle saison, elle jouissait d'un peu plus de liberté. Les Enfants de France s'y plaisaient extrêmement, et elle y donnait de petits bals sans prétention où l'on s'amusait beaucoup. C'est là qu'elle est accouchée du comte Melchior de Polignac, en même temps que sa fille accouchait du duc de Guiche actuel.

Peu de temps avant la Révolution, elle supplia le roi d'accepter sa démission qu'il ne voulut pas recevoir ; toutefois, sa santé l'obligeant à se soigner, elle obtint d'aller prendre des bains renommés en Angleterre, et elle partit dans la ferme intention de quitter sa place à son retour ; mais j'ai su positivement que le roi, effrayé du chagrin qu'allait éprouver la reine, se mit à ses genoux pour obtenir qu'elle restât gouvernante des enfants de France. On sent bien qu'une faveur aussi éclatante, aussi soutenue, excitait la fureur des envieux. Un redoublement de haine s'éleva contre la favorite ; il servit merveilleusement la Révolution qui s'avançait, et qui vint bientôt frapper et les Polignac et leurs ennemis.

LE PRINCE DE LIGNE

Dessiné et gravé par A. Bartsch (1789)

LE PRINCE DE LIGNE

C'est à Bruxelles que j'ai fait connaissance avec le prince de Ligne ; mais lorsqu'il vint en France, peu d'années avant la Révolution, nous nous revîmes tous deux avec tant de plaisir, qu'il passait un grand nombre de ses soirées chez moi. Lorsque lui, l'abbé Delille, le marquis de Chastellux, le comte de Vaudreuil, le vicomte de Ségur et quelques autres encore de ce temps-là, se trouvaient réunis autour de mon feu, il s'établissait une causerie si animée, si intéressante, que nous ne nous séparions jamais qu'avec peine.

Mme de Staël a dit du prince de Ligne : « Il est peut-être le seul étranger qui dans le genre français soit devenu modèle, au lieu d'être imitateur ! » Et dans un autre endroit : « Les hommes, les choses et les événements ont passé devant le prince de Ligne ; il les a jugés sans vouloir leur imposer le despotisme d'un système, il sut mettre à tout du naturel ! » Ce naturel, dont Mme de Staël était si bon juge, car elle en avait beaucoup elle-même, était un des premiers charmes de l'esprit du prince de Ligne. Cette brillante imagination, ces aperçus si fins, si justes sur toutes choses, ces bons mots qui partaient sans cesse pour courir aussitôt l'Europe, rien n'avait pu donner au prince de Ligne la moindre prétention à se faire écouter ; ses discours et ses manières conservaient tant de simplicité, qu'un sot aurait pu le croire un homme ordinaire.

Le prince de Ligne était grand, il avait une extrême noblesse dans le maintien, sans aucune roideur, sans aucune afféterie ; tout le charme de son esprit se peignait si bien sur sa figure, que j'ai peu connu d'hommes dont le premier aspect fût aussi séduisant, et la bonté de son cœur ne tardait pas à vous attacher à lui pour toujours; il était à la fois brave et savant militaire. Dans tous les pays de l'Europe, ses profondes connaissances sur l'art de la guerre ont été appréciées, et l'amour de la gloire l'a toujours dominé; en revanche, il poussait à l'excès son indifférence pour sa fortune; non seulement son extrême générosité l'a de tout temps entraîné dans des dépenses énormes, sans qu'il consentît jamais à compter : mais quand je le retrouvai à Vienne, en 1792, il entra un soir chez Mme de Rombech, pour nous apprendre que les Français venaient de s'emparer de tous les biens qu'il possédait en Flandre (en Belgique), et il nous parut très peu affecté de cette nouvelle : « Je n'ai plus que deux louis, ajouta-t-il d'un air dégagé ; qui donc payera mes dettes? »

Une perte bien autrement douloureuse pour lui, la seule qui l'ait profondément affligé, a été celle de son fils Charles; ce jeune homme, plein de valeur, est mort glorieusement au combat de Boux, en Champagne; le coup qui le frappa, frappa de même le prince de Ligne, qui en perdit à jamais sa gaieté et tout le plaisir qu'il prenait à vivre.

Tout le monde connaît les *Mémoires* et les *Lettres* du prince de Ligne, dont le style, ce *style parlé*, comme dit Mme de Staël, offre un charme tout particulier. Parmi les lettres, celles que je préfère sont celles qu'il adressait à la marquise de Coigny pendant son voyage en Crimée avec l'impératrice Catherine, voyage dont il nous a fait si souvent des récits; elles le font revivre pour moi, surtout celle qu'il écrivit de Parthenizza : cette lettre est remplie d'idées à la fois si spirituelles et si philosophiques, elle peint si bien l'esprit et l'âme du prince de Ligne, qu'elle me fait l'effet d'un prisme moral. J'ai relu cette lettre dix fois, et j'espère bien la lire encore.

LA COMTESSE D'HOUDETOT

J'ai connu la comtesse d'Houdetot longtemps avant la Révolution ; elle s'entourait alors de tout ce qu'il y avait à Paris d'hommes d'esprit et d'artistes célèbres. Comme j'avais un grand désir de la voir, Mme de Verdun, mon amie, qui la connaissait intimement, me conduisit à Sannois, où Mme d'Houdetot avait une maison, et me fit inviter à passer la journée. Je savais qu'elle n'était point jolie, mais d'après la passion qu'elle avait inspirée à J.-J. Rousseau, je pensais au moins lui trouver un visage agréable; je fus donc bien désappointée en la voyant si laide, qu'aussitôt son roman s'effaça de mon imagination ; elle louchait d'une telle manière, qu'il était impossible, lorsqu'elle vous parlait, de deviner si c'était à vous que s'adressaient ses paroles; à dîner, je croyais toujours qu'elle offrait à une autre personne ce qu'elle m'offrait, tant son regard était équivoque ; il faut dire toutefois que son aimable esprit pouvait faire oublier sa laideur. Mme d'Houdetot était bonne, indulgente, chérie avec raison de tous ceux qui la connaissaient, et, comme je l'ai toujours trouvée digne d'inspirer les sentiments les plus tendres, j'ai fini par croire, après tout, qu'elle a pu inspirer l'amour.

LE MARÉCHAL DE BIRON
LE MARÉCHAL DE BRISSAC

La figure, la taille, la contenance de ces deux vieux soutiens de la monarchie française sont si bien restées dans ma mémoire, qu'aujourd'hui je pourrais les peindre tous deux de souvenir.

Ayant entendu parler du superbe jardin de l'hôtel de Biron, que l'on disait rempli des fleurs les plus rares, je fis demander au maréchal la permission de m'y promener : il me l'accorda, et je me rendis un matin chez lui avec mon frère. Malgré son grand âge, il avait, je crois, quatre-vingt-quatre ans et ses infirmités, le maréchal de Biron, marchant avec peine, vint au-devant de moi : il descendit son large perron pour me donner la main quand je sortis de ma voiture, puis s'excusa beaucoup de ne pouvoir me faire les honneurs de son jardin. Ma promenade finie, je revins au salon, où le maréchal me retint longtemps ; il causait avec grâce et facilité, parlant du temps passé de manière à m'intéresser beaucoup.

Quand je retournai à ma voiture, il voulut absolument me donner la main jusqu'au bas de son perron, et le corps droit, la tête nue, il attendit, pour rentrer dans la maison, qu'il m'eût vue partir ; cette galanterie dans un homme plus qu'octogénaire me parut charmante.

Le maréchal de Biron est mort en 1788; il n'eut pas la douleur d'être témoin de la défection des gardes-françaises : il avait établi dans ce corps une discipline extrêmement sévère, que le duc du Châtelet, qui lui succéda, venait de relâcher beaucoup trop quand la Révolution arriva.

Pour le maréchal de Brissac, je ne l'ai vu qu'aux Tuileries, où il se promenait très souvent : il paraissait bien âgé, mais il se tenait fort droit, et marchait encore comme un jeune homme ; son costume le faisait remarquer ; car il portait toujours ses cheveux nattés, qui formaient deux queues tombant derrière la tête, l'habit long, très ample, avec une ceinture au bas de la taille, et des bas à coins bordés en or roulés sur ses genoux. Une toilette aussi antique ne lui donnait rien de grotesque ; il avait l'air extrêmement noble, et l'on croyait voir un courtisan sortant des salons de Louis XIV.

M. DE TALLEYRAND

Chamfort m'amena un matin M. de Talleyrand, alors l'abbé de Périgord; son visage était gracieux, ses joues très rondes, et, quoiqu'il fût boiteux, il n'en était pas moins fort élégant et cité comme un homme à bonnes fortunes; il ne me dit que quelques mots sur mes tableaux; j'eus des raisons de croire alors qu'il voulait savoir si j'avais autant de luxe et de magnificence qu'on le disait, et que Chamfort l'amenait pour le convaincre du contraire. Ma chambre à coucher, la seule pièce où je pusse recevoir, était meublée avec une simplicité extrême, et M. de Talleyrand peut se le rappeler aujourd'hui aussi bien que beaucoup d'autres personnes.

Jamais, je crois, M. de Talleyrand n'est revenu chez moi, mais je l'ai revu quelque temps à Gennevilliers, où il est venu dîner chez le comte de Vaudreuil, et plus tard aussi, quand je suis rentrée en France; alors il était marié avec Mme Grant, très jolie femme dont j'avais fait le portrait avant la Révolution ; c'est d'elle qu'on raconte une aventure assez plaisante : M. de Talleyrand donnant à dîner à Denon, qui venait d'accompagner Bonaparte en Egypte, engagea sa femme à lire quelques pages de l'histoire du célèbre voyageur, auquel il désirait qu'elle pût adresser un mot aimable, et il ajouta qu'elle trouverait le volume sur son bureau. Mme de Talleyrand obéit, mais elle se trompe, et lit une assez grande partie des aventures de Robinson Crusoé; à table, la voilà qui prend l'air le plus gracieux et dit à Denon : « Ah! monsieur, avec quel plaisir je viens de lire votre voyage! qu'il est intéressant, surtout quand vous rencontrez ce pauvre Vendredi! » Dieu sait à ces mots quelle figure a dû faire Denon, et surtout M. de Talleyrand! Ce petit fait a couru l'Europe ; peut-être n'est-il pas vrai; mais ce qui l'est incontestablement, c'est que Mme de Talleyrand avait fort peu d'esprit; sous ce rapport, à la vérité, son mari pouvait payer pour deux.

LE DOCTEUR FRANKLIN

Je vis pour la première fois le docteur Franklin lorsque je faisais le portrait de Monsieur, depuis Louis XVIII ; il venait avec les autres ambassadeurs faire sa visite de cour. Je fus frappée de son extrême simplicité : il était vêtu d'un habit gris tout uni, ses cheveux plats, sans poudre, tombaient sur ses épaules et, si ce n'eût été son noble visage, je l'aurais pris pour un gros fermier, tant il faisait contraste avec les autres diplomates, qui tous étaient poudrés, en grande tenue, et chamarrés d'or et de cordons.

Nul homme à Paris n'était plus à la mode, plus recherché que le docteur Franklin : la foule courait après lui dans les promenades et les lieux publics; les chapeaux, les cannes, les tabatières, tout était *à la Franklin*, et l'on regardait comme une bonne fortune d'être invité à un dîner où se trouvait ce célèbre personnage. Je puis dire toutefois qu'il ne suffisait pas de se rencontrer avec lui, fût-ce même très fréquemment, pour satisfaire la curiosité qu'il excitait; je l'ai beaucoup vu chez Mme Brion, qui habitait constamment Passy. Franklin passait là toutes ses soirées; Mme Brion et ses deux filles faisaient de la musique, qu'il semblait écouter avec plaisir, mais, dans les intervalles des morceaux, je ne lui ai jamais entendu dire un seul mot; et j'étais tentée de croire que le docteur était voué au silence.

LE PRINCE DE NASSAU

Je n'étais pas encore mariée quand le prince de Nassau, qui était jeune alors, me fut présenté par l'abbé Giroux : il me demanda son portrait, que je fis en pied, d'une très petite dimension et à l'huile. Le prince de Nassau, surnommé l'invulnérable par le prince de Ligne, était déjà connu par des actions d'éclat tellement héroïques, qu'on pourrait les croire fabuleuses. Sa vie entière offre une suite d'aventures, toutes plus surprenantes les unes que les autres; il avait à peu près vingt ans lorsqu'il suivit Bougainville dans le voyage autour du monde, et s'enfonça dans les déserts, où l'intrépidité qu'il déploya lui valut le surnom de *dompteur de monstres :* depuis, vainqueur sur mer, vainqueur sur terre, il s'est, je crois, battu contre toutes les nations du globe; toujours guerroyant, toujours en activité, il a couru le monde d'une extrémité à l'autre; aussi disait-on qu'il fallait lui adresser ses lettres sur les grands chemins.

Rien dans la figure et dans tout l'aspect du prince de Nassau n'annonçait le héros d'une histoire aventureuse; il était grand, bien fait, avait des traits réguliers avec une grande fraicheur de carnation; mais l'extrême douceur et le calme habituel de sa

FRANKLIN

Buste par Houdon (Musée de Versailles)

physionomie ne laissaient présumer ni tant de hauts faits, ni cette valeur intrépide qui le signalait entre tous; à Vienne, où je l'ai retrouvé pendant l'émigration, j'avais mené ma fille, âgée de neuf ans alors, chez Casanova qui, dans plusieurs tableaux, avait représenté le prince de Nassau terrassant des tigres, des lions, etc. ; peu de temps après nous, nous trouvions un soir chez la princesse de Lorraine, on annonça le prince de Nassau ; ma fille, qui s'attendait à contempler un homme féroce, me dit tout bas : « Comment ! Est-ce là celui dont

LA FAYETTE

Buste de marbre, par Houdon. (1790) (Musée de Versailles)

j'ai tant entendu parler ? il a l'air doux et timide comme une demoiselle qui sort du couvent. »

M. DE LA FAYETTE

Peu avant la Révolution, je reçus la visite de M. de La Fayette ; il vint chez moi uniquement pour voir le portrait que je faisais alors de la jolie Mme de Simiane, à laquelle, dit-on, il rendait des soins ; depuis je ne l'ai pas même rencontré, et bien certainement nous aurions eu de la peine à nous reconnaitre, car j'étais jeune lors de cette visite, et il l'était aussi, quoique ce fût après son voyage en Amérique. Sa figure me parut agréable ; son ton, ses manières, avaient beaucoup de noblesse et n'annonçaient pas le moins du monde des goûts révolutionnaires.

MADAME DE LA REYNIÈRE

Après mon mariage, je suis allée souper chez Mme de La Reynière, et passer quelques soirées dans un bel hôtel que son mari avait fait bâtir rue des Champs-Elysées, où se réunissait la meilleure compagnie de Paris. Mme de La Reyniere était née Jarente. Sa famille, noble, mais très pauvre, lui avait fait épouser M. Grimod de La Reynière, un de nos plus riches financiers, et tout en elle annonçait la contrariété qu'elle éprouvait à porter un nom bourgeois. Elle avait été belle, très grande et très maigre. Son air noble et fier était remarquable. Elle s'était rendue la maitresse souveraine de la maison, dans laquelle elle recevait toujours avec la plus grande dignité, afin qu'on ne perdît pas le souvenir de sa naissance. Comme on demandait un jour à Doyen le peintre, qui venait de dîner chez elle, ce qu'il pensait de Mme de La Reynière : « Elle reçoit fort bien, répondit-il, mais je la crois attaquée de noblesse »

Son mari était un bon homme dans toute l'étendue du terme, facile à vivre, ne disant jamais de mal de personne ; néanmoins on le tournait en ridicule, ou plutôt on s'amusait de lui pour la prétention qu'il avait de savoir peindre et de savoir chanter ; ces deux prétendus talents occupaient toutes ses journées, l'un le matin et l'autre le soir ; il avait une peur horrible du tonnerre, au point d'avoir fait arranger dans ses caves une chambre tapissée d'un double taffetas, dans laquelle je suis descendue par curiosité. Dès qu'un orage commençait, il se réfugiait sous cette voûte, où l'un de ses gens battait de toutes ses forces sur un gros tambour tant que grondait la le parc, au bas de laquelle le comte de Vaudreuil avait fait placer deux fusées. M. de La Reynière était à jouer tranquillement, car le temps était fort calme, quand tout à coup on mit le feu à l'artifice, dont il eut une telle frayeur, qu'en s'écriant : « Le tonnerre ! le tonnerre ! » il se trouva presque mal. On parvint bientôt à le rassurer en lui expliquant la chose ; toutefois il n'en

LA MAISON DE MADAME DE BRUNOY, AUX CHAMPS-ELYSÉES

Dessin de Lallemand, gravure de Nee

foudre ; nulle puissance humaine n'aurait pu le faire sortir de là avant que le ciel eût repris sa sérénité. Comme il soutenait cependant qu'il n'avait point peur du tonnerre, qu'il ne se réfugiait dans cette cave que pour éviter la vive impression que l'orage faisait sur ses nerfs, on eut la malice d'enlever cette excuse au pauvre homme. Un jour il était allé faire sa partie à la Muette chez la duchesse de Polignac, qui habitait ce château en été ; on dressa la table de jeu près d'une fenêtre ouvrant sur fut pas moins prouvé que le tonnerre n'agissait point sur ses nerfs, mais qu'il en avait peur.

La société de Mme de La Reynière se composait des personnes les plus distinguées de la Cour et de la ville ; elle attirait aussi chez elle les hommes célèbres dans les arts et dans la littérature. L'abbé Barthélemy, auteur d'*Anacharsis*, y passait sa vie ; le comte d'Adhémar, si spirituel et si aimable, y venait presque tous les soirs, ainsi que le comte de Vaudreuil, et le baron de

Besenval, colonel général des Suisses. Les grandes soirées de Mme de La Reynière rassemblaient habituellement les plus charmantes femmes de la Cour ; c'est là que j'ai fait connaissance avec la comtesse de Ségur, qui était alors aussi jolie que bonne et aimable. Sa douceur, son affabilité, la faisaient aimer dès le premier abord ; elle ne quittait pas son beau-père, le maréchal de Ségur, vieux et infirme, qui trouvait en

elle une véritable Antigone. Son mari, connu par son esprit et son talent littéraire, était à cette époque ambassadeur en Russie.

Pour qu'il ne manquât rien au charme des soirées de Mme de La Reynière, on y faisait très souvent de la musique dans la galerie, et c'étaient Sacchini, Piccini, Garat, Richer, et autres célèbres artistes, qui l'exécutaient. Enfin il serait difficile maintenant de faire comprendre avec quelles délices on se rassemblait dans ce bel hôtel, quelle aménité, quelles bonnes manières régnaient dans ces salons remplis de personnes charmées de se trouver ensemble. Au reste, à l'époque dont je parle, il existait plusieurs maisons de ce genre ; et je citerai surtout celles des maréchales de Boufflers et de Luxembourg. Quoique l'on soit forcé d'avouer que ces deux grandes dames ne passaient point pour les femmes les plus morales de leur temps, les jeunes femmes se rendaient chez elles avec empressement. « C'est là, me disaient-elles, que nous prenons les meilleures leçons du ton de la bonne compagnie, et que nous recevons les meilleurs conseils ». La marquise de Boufflers, belle-fille de la maréchale et mère de ce chevalier de Boufflers si connu par son esprit, est l'auteur d'une charmante chanson, espèce de code social, que je copie ici, parce qu'elle est peu connue :

Sur l'air : *Sentir avec ardeur flamme discrète.*

Il faut dire en deux mots ce qu'on veut dire,
Les longs propos sont sots.
Il faut savoir lire
Avant que d'écrire,
Et puis dire en deux mots ce que l'on veut dire.
Les longs propos sont sots.
Il ne faut pas toujours parler,
Citer,
Dater,
Mais écouter ;
Il faut savoir trancher l'emploi
Du moi, du moi,
Voici pourquoi :
Il est tyrannique,
Trop académique :
L'ennui, l'ennui
Marche avec lui.
Je me conduis toujours ainsi
Ici ;
Aussi
J'ai réussi.

Pour en revenir à Mme de La Reynière, devenue veuve, il lui restait un fils, bien éloigné de partager la fierté nobiliaire de sa mère et, qui, sous ce rapport, a dû la désespérer plus d'une fois. D'abord il s'obstinait à se faire appeler Grimod de La Reynière (le véritable nom de M. de La Reynière était Grimod), et le plus souvent Grimod tout court. Ensuite, il avait pris en tendresse sa parenté du côté paternel, et sans cesse, aux grands dîners de sa mère, il parlait devant toute la Cour de son oncle l'épicier, de son cousin le parfumeur, ce qui mettait la pauvre femme au supplice.

Ce Grimod de La Reynière avait beaucoup d'esprit, quoiqu'il se plût à se montrer original en toute espèce de choses. Jamais, par exemple, il ne posait son chapeau sur sa tête ; mais, comme il avait prodigieusement de cheveux, son valet de chambre en construisait un toupet d'une hauteur démesurée. Un jour qu'il se trouvait à l'amphithéâtre de l'Opéra, où l'on représentait un nouveau ballet, un homme de petite taille, placé derrière lui, maudissait tout haut ce mur de nouvelle espèce qui lui cachait totalement le théâtre ; las de ne rien voir, le petit homme commença par introduire un de ses doigts dans le toupet, puis deux, et finit par former une sorte de lorgnette, à laquelle il appliqua son œil. Pendant tout ce manège, M. de La Reynière ne bougea pas, ne dit mot ; mais, le spectacle fini, il se lève, arrête d'une main le monsieur qui s'apprêtait à sortir, et de l'autre tirant un petit peigne de sa poche : « Monsieur, dit-il avec un grand sang-froid, je vous ai laissé faire tout ce qu'il vous a plu de mon toupet pour vous aider à voir le ballet à votre aise ; mais je vais souper en ville ; vous sentez qu'il ne m'est pas possible de me présenter dans l'état où vous avez mis ma coiffure, vous allez donc avoir la bonté de la raccommoder, ou nous nous couperons demain la gorge ensemble. — Monsieur, répondit l'inconnu en riant, à Dieu ne plaise que je me batte avec un homme aussi complaisant que vous l'avez été pour moi ; je vais faire de mon mieux » ; et, prenant le petit peigne, il rapprocha les cheveux tant bien que mal, après quoi tous deux se séparèrent les meilleurs amis du monde.

DAVID

Je recherchais avec empressement la société de tous les artistes renommés, et principalement celle des artistes qui se distinguaient dans mon art. David venait donc assez fréquemment chez moi, quand tout à coup il n'y parut plus. L'ayant rencontré dans le monde, je crus devoir lui adresser quelques reproches aimables à ce sujet. « Je n'aime pas, me dit-il, à me trouver avec des domestiques de condition. — Comment, répondis-je, avez-vous pu remarquer que je traite les personnes de la Cour mieux que d'autres personnes? Ne me voyez-vous pas accueillir tout le monde avec les mêmes égards? » Et comme il insistait d'un air humoriste : « Ah! dis-je en riant, je crois que vous avez de l'orgueil, que vous souffrez de n'être pas duc ou marquis. Pour moi, à qui les titres sont parfaitement indifférents, je reçois avec plaisir tous les gens aimables. »

Depuis lors David n'est point revenu chez moi. Il fit même rejaillir sur ma personne la haine qu'il portait à quelques-uns de mes amis. La preuve en est que, plus tard, il se procura je ne sais quel gros livre écrit contre M. de Calonne, et dans lequel on n'avait pas manqué d'inscrire toutes les infâmes calomnies dont j'avais été l'objet. Ce livre restait constamment dans son atelier sur un tabouret, toujours ouvert, précisément à la page où il était question de moi. Une pareille méchanceté était si noire et si puérile à la fois, que je n'y aurais point ajouté croyance, si je n'en eusse été instruite par M. de Fitz-James, le comte Louis de Narbonne, et d'autres gens de ma connaissance, qui tous avaient remarqué le fait et même à plusieurs reprises.

Il faut dire toutefois que David aimait tellement son art, qu'aucune haine ne l'empêchait de rendre justice au talent qu'on pouvait avoir. Après que j'eus quitté la France, j'envoyai à Paris le portrait de Paësiello, que je venais de faire à Naples. On le plaça au Salon de 1791 en pendant d'un portrait peint par David, mais dont sans doute il était peu satisfait. S'étant approché de mon tableau, il le regarda longtemps, puis, se retournant vers quelques-uns de ses élèves et d'autres personnes qui l'environnaient : « On croirait, dit-il, mon portrait fait par une femme et le Paësiello par un homme. » C'est de M. Le Brun, qui était témoin, que je tiens ces paroles, et de plus j'ai la certitude qu'en toute occasion David ne me refusait point ses éloges.

Il est bien vraisemblable que des louanges aussi flatteuses sur mon talent m'auraient fait oublier tôt ou tard les attaques de David contre ma personne ; mais ce que je n'ai jamais pu lui pardonner, c'est l'atroce conduite qu'il a tenue pendant la Terreur ; ce sont les persécutions exercées lâchement par lui contre un grand nombre d'artistes, entre autres contre Robert, le paysagiste, qu'il fit arrêter et traiter dans la prison avec une sévérité qui allait jusqu'à la barbarie. Il m'aurait été impossible de me retrouver avec un pareil homme. Lorsque je fus rentrée en France, un de nos plus célèbres peintres Gros étant venu chez moi, me dit dans la conversation que David avait un vif désir de me revoir. Je ne répondis pas, et, comme le peintre dont je parle a prodigieusement d'esprit, il comprit que mon silence n'était point celui auquel on peut appliquer le proverbe : *qui ne dit rien consent.*

M. DE BEAUJON

M. de Beaujon m'ayant fait demander de faire son portrait, qu'il destinait à l'hôpital fondé par lui dans le faubourg du Roule, et qui porte encore son nom, je me rendis dans le magnifique hôtel qu'on appelle aujourd'hui l'Elysée-Bourbon, attendu que l'infortuné millionnaire était hors d'état de venir chez moi. Je le trouvai seul, assis sur un grand fauteuil à roulettes, dans une salle à manger ; il avait les mains et les jambes tellement enflées qu'il ne pouvait se servir ni des unes ni des autres ; son dîner se bornait à un triste plat d'épinards ; mais plus loin, en face de lui, était dressée une table de trente à quarante couverts où se faisait, dit-on, une chère exquise, et qu'on allait servir pour quelques femmes, amies intimes de M. de Beaujon, et les personnes qu'il leur plaisait d'inviter ; ces dames, toutes fort bien nées et de très bonne compagnie, étaient appelées dans le monde les *berceuses* de M. de Beaujon. Elles donnaient des ordres chez lui, disposaient entièrement de son hôtel, de ses chevaux, et payaient ces avantages avec quelques instants de conversation qu'elles accordaient au pauvre impotent, ennuyé de vivre seul.

M. de Beaujon voulut me retenir à dîner, ce que je refusai, ne dînant jamais hors de chez moi ; mais nous convînmes du prix et de la pose de son portrait ; il désirait être peint assis devant un bureau, jusqu'à mi-jambes, avec les deux mains, et je ne tardai pas à commencer et à finir cet ouvrage. Quand je pus me passer du modèle, j'emportai le portrait chez moi pour terminer quelques détails, et j'imaginai de placer sur le bureau le plan de l'hospice. M. de Beaujon, en ayant été instruit, m'envoya aussitôt son valet de chambre pour me prier instamment d'effacer ce plan, et pour me remettre trente louis en dédommagement du temps que j'y avais employé ; j'avais à peine tracé l'esquisse, en sorte que je refusai naturellement les trente louis ; mais le valet de chambre revint encore le lendemain, et insista de la part de son maître, au point que, pour le forcer à remporter cet argent, je fus obligée d'effacer le plan devant lui, afin de lui prouver que cela ne me faisait pas perdre cinq minutes.

Pendant que je faisais le portrait de M. de Beaujon, je voulus visiter son bel hôtel, que j'avais toujours entendu citer pour sa magnificence : aucun particulier, en effet, n'était logé avec autant de luxe, tout était d'une grande richesse et d'un goût exquis. Un premier salon renfermait des tableaux à effet, dont aucun n'était fort remarquable, tant il est aisé de tromper les amateurs, quelque prix qu'ils puissent mettre à leurs acquisitions. Le second était un salon de musique : grands et petits pianos, instruments de toute espèce, rien n'y manquait ; d'autres pièces, ainsi que les boudoirs et les cabinets, étaient meublées avec la plus grande élégance. La salle de bain surtout était charmante ; un lit, une baignoire étaient drapés, comme les murailles, en belle mousseline à petits bouquets, doublée de rose ; je n'ai jamais rien vu d'aussi joli ; et on aurait aimé à se baigner dans cette salle. Les appartements du premier étage étaient meublés avec autant de soin. Dans une chambre entre autres, qui était ornée de colonnes, on avait placé au milieu une énorme corbeille dorée et entourée de fleurs, qui renfermait un lit, lit dans lequel personne n'avait jamais couché. Toute cette façade de l'hôtel donnait sur le jardin que, vu son étendue, on pouvait appeler le parc, qu'un habile architecte avait dessiné, et qu'embellissait une énorme quantité de fleurs et d'arbres verts.

Il me fut impossible de parcourir cette délicieuse habitation sans donner un soupir de pitié à son riche propriétaire, et sans me rappeler une anecdote que l'on m'avait contée peu de jours avant. Un Anglais, jaloux de voir tout ce que l'on citait comme curieux à Paris, fit demander à M. de Beaujon la permission de visiter ce bel hôtel. Arrivé dans la salle à manger, il y trouva la grande table dressée, ainsi que je l'avais trouvée moi-même, et se retournant vers le domestique qui le conduisait : « Votre maître, dit-il, doit faire une bien excellente chère ? — Hélas ! Monsieur, répondit le cicerone, mon maître ne se met jamais à table, on lui sert seulement un plat de légumes. » L'Anglais passant alors dans le premier salon : « Voilà du moins ce qui doit réjouir ses yeux ? reprit-il en montrant les tableaux. — Hélas ! Monsieur, mon maître est presque aveugle. — Ah ! dit l'Anglais en entrant dans le second salon, il s'en dédommage, j'espère, en écoutant de la bonne musique ? — Hélas ! Monsieur, mon maître n'a jamais entendu celle qu'on fait ici ; il se couche de trop bonne heure, dans l'espoir de dormir quelques instants. » L'Anglais, regardant alors le magnifique jardin qui se déployait sous ses fenêtres : « Mais enfin, votre maître peut jouir du plaisir de la promenade. — Hélas ! Monsieur, il ne marche plus. » Dans ce moment arrivaient les personnes invitées à dîner, parmi lesquelles se trouvaient de fort jolies femmes. L'Anglais reprend : « Enfin, voilà plus d'une beauté, qui peuvent lui faire passer des moments agréables. » Le domestique ne répondit à ces mots que par deux, *hélas !* au lieu d'un, et n'ajouta rien de plus.

L'HOTEL DE BEAUVAU AU FAUBOURG SAINT-HONORÉ

Dessin de Lallemand, gravure de Nee

M. de Beaujon était très petit et très gros, sans aucune physionomie ; M. de Calonne, que j'ai peint en même temps, offrait son parfait contraste, et les deux portraits se trouvant exposés chez moi, l'abbé Arnault, qui les vit à côté l'un de l'autre, s'écria : « Voilà précisément l'esprit et la matière. »

M. de Beaujon avait été le banquier de lui, et l'hôpital du faubourg du Roule recommande encore aujourd'hui son nom comme celui d'un bienfaiteur de l'humanité.

BOUTIN

Dessin de Cochin, gravure de Watelet

M. BOUTIN

Un autre financier immensément riche et tout aussi bienfaisant que M. de Beaujon était M. Boutin pour qui j'avais beaucoup d'amitié. M. Boutin n'était plus jeune quand je fis connaissance avec lui ; il était petit et boiteux, gai, spirituel, et d'un caractère si affable, si bon, que l'on s'attachait véritablement à lui dès qu'on le voyait un peu intimement. Comme il possédait une très grande fortune, il recevait souvent et avec une extrême noblesse ses nombreux amis, sans que cela portât en rien préjudice aux secours qu'il accordait à tant de pauvres dont il était l'appui. M. Boutin faisait les honneurs de chez lui avec une grâce parfaite : j'ai pu en juger souvent ; car il avait arrangé pour moi, disait-il, un dîner du jeudi, où se trouvaient tous mes intimes : Brongniart, Robert et sa femme, Lebrun le poète, l'abbé Delille, le comte de Vaudreuil, qui ne manquait jamais cette réunion, quand il se trouvait à Paris le jeudi, etc., etc. Nous étions au plus douze personnes à table, et ces dîners étaient si amusants qu'ils me faisaient fausser une fois par semaine la parole que je m'étais donnée de ne jamais dîner hors de chez moi. Ils avaient lieu dans cette charmante maison de M. Boutin, placée sur la hauteur du magnifique jardin

la Cour sous Louis XV, et ses opérations financières furent toujours si habiles qu'avant sa vieillesse il possédait déjà des millions. Il faut dire à sa louange qu'il dépensait en bonnes œuvres une grande part de son immense fortune ; jamais un malheureux ne s'est adressé vainement à qu'il avait nommé Tivoli : à cette époque la rue de Clichy n'était point encore bâtie, et quand on se trouvait là, au milieu d'arbres superbes qui formaient de belles et grandes allées, on pouvait se croire tout à fait à la campagne ; je puis même dire que cette belle habitation me semblait un peu trop isolée ; j'aurais eu peur d'y aller le soir, et je conseillais souvent à M. Boutin de ne jamais revenir seul.

Lorsque j'eus quitté la France, mon frère m'écrivit que M. Boutin avait continué ses dîners du jeudi, en souvenir de moi ; que l'on y buvait à ma santé, ainsi qu'à celle de M. de Vaudreuil, qui avait émigré alors. Pour son malheur, M. Boutin pensa comme M. de Laborde, qui me disait dans une lettre que je reçus de lui à Rome : « Je reste en France ; je suis tranquille. Comme je n'ai jamais fait de mal à personne......! » Hélas ! lui aussi ce bon et aimable M. Boutin n'avait jamais fait de mal à personne : tous deux n'en sont pas moins tombés sous la hache révolutionnaire ; car tous deux étaient riches, et l'on voulait leurs biens. Je ne puis exprimer la douleur que me fit éprouver cette nouvelle ; M. Boutin était un de ces hommes que je regretterai toute ma vie.

Le gouvernement s'empara de tout ce qu'il possédait. Son beau parc fut totalement détruit, à l'exception d'une petite partie dont on fit une promenade à la mode sous le nom de Tivoli, et dans laquelle se donnent, dit-on, de fort belles fêtes que je n'ai jamais vues ; car on pense bien qu'à mon retour en France, je n'ai pas eu le courage de retourner dans ce triste lieu.

M. DE SAINTE-JAMES

M. de Sainte-James était fermier général, puissamment riche, et vraiment financier dans toute l'étendue du terme. C'était un homme de moyenne grandeur, gros et gras, au visage très coloré, de cette fraîcheur qu'on peut avoir à cinquante ans passés, quand on se porte bien et qu'on est heureux. M. de Sainte-James tenait un état de maison de la plus grande opulence ; il habitait un des beaux hôtels de la place Vendôme, et donnait là de très grands et bons dîners, où il réunissait trente ou quarante personnes pour le moins. N'ayant pu refuser d'y aller une fois, je regrettai beaucoup de n'être ni gourmande ni friande ; car sous ces deux rapports j'aurais été complètement satisfaite, tandis que cette société si nombreuse ne me sembla pas, à beaucoup près, aussi aimable que celle qu'on trouvait chez ce bon M. Boutin. M. de Sainte-James recevait son monde avec plus de bonhomie que de grâce. Après le dîner on passait dans un superbe salon, entièrement garni de glaces ; mais tout cela ne faisait point que tant de personnes réunies, qui ne se connaissaient pas, pussent causer ensemble avec cette espèce de confiance et d'intimité qui fait le charme des conversations.

Plus tard, lorsque M. de Sainte-James eut arrangé sa maison et son magnifique jardin de Neuilly, ce qu'on a toujours appelé *la folie Sainte-James*, il m'engagea à venir y dîner avec quelques-uns de mes amis. Cette journée fut agréable ; il nous promena dans ce beau parc, qui venait de coûter des trésors. Entre autres folles dépenses, on avait construit un rocher factice, dont les énormes pierres apportées de fort loin sans doute, et à grands frais, avaient l'air de n'être que suspendues. J'avoue que je le traversai très rapidement, tant ces voûtes immenses me paraissaient peu solides.

C'est dans cette superbe habitation que M. de Sainte-James se plaisait à donner de véritables fêtes. Je m'y rendis un jour pour y voir jouer la comédie. Tant de personnes y étaient invitées et parcouraient le jardin avant et après le spectacle, qu'on se croyait dans une promenade publique.

Il faut croire que la Révolution n'est point arrivée à temps pour punir M. de Sainte-James d'avoir étalé tant de magnificence, car je n'ai jamais entendu dire, ni dans l'étranger, ni depuis mon retour en France, qu'il ait été guillotiné. Une mort naturelle l'aura soustrait au sort affreux de M. de Laborde et de M. Boutin.

LA COMTESSE D'ANGIVILLER

Mme d'Angiviller était ce qu'on appelle un bel esprit. Elle en avait déjà la réputation lorsqu'elle était Mme Marchais. Tous les hommes de lettres, et même les savants, composaient alors sa société. Le comte d'Angiviller, qu'elle recevait souvent, en devint amoureux et l'épousa. Elle avait un tel ascendant sur lui qu'il ne parlait point en sa présence, quoiqu'il eût de l'esprit, du goût et des connaissances qu'on pouvait apprécier aisément partout ou n'était pas sa femme.

Il me serait impossible de dire si Mme d'Angiviller était laide ou jolie ; je l'ai cependant vue nombre de fois, et j'ai souvent été placée à côté d'elle. Mais elle avait toujours la figure cachée sous un voile, qu'elle n'ôtait pas même pour dîner. Ce voile couvrait, ainsi que son visage, un énorme bouquet de branches d'arbres verts, qu'elle portait constamment à son coté. Je ne concevais pas comment elle pouvait s'enfermer ainsi avec ce bouquet sans prendre mal à la tete ; mais plus tard, quand je suis entrée dans sa chambre à coucher, j'ai été encore plus surprise de voir cette chambre garnie de gradins toujours couverts d'arbres verts de toute espèce, que l'on n'ôtait pas même la nuit.

Mme d'Angiviller était aussi polie qu'on pouvait l'être, mais si étrangement complimenteuse, qu'on lui en voulait quelquefois de rendre la politesse ridicule. Un jour que M. d'Angiviller avait engagé à dîner plusieurs artistes de l'Académie de peinture, Vestier y vint. Vestier était fort bon peintre de portraits, et venait d'exposer au Salon un tableau de famille très bien composé et très harmonieux qu'on avait beaucoup remarqué. Mais il pouvait avoir au moins cinquante ans, il était maigre, pâle et prodigieusement laid. Mme d'Angiviller, qui désirait lui adresser quelques mots flatteurs, lui dit tout haut : « En vérité, Monsieur, je vous trouve embelli. » Le pauvre Vestier devint rouge comme un coq, il regardait à droite et à gauche pour voir si ces paroles ne s'adressaient pas à quelque autre qu'à lui, en sorte que le fou rire me prit.

C'est chez Mme d'Angiviller que j'ai dîné pour la première fois avec le marquis de Bièvre, qui est devenu célèbre comme faiseur de calembours. J'eus du malheur, car le jour dont je parle il n'en fit aucun ; mais on m'en apprit un fort joli qu'il avait adressé à la reine. Sa Majesté lui demandant un calembour, M. de Bièvre, s'étant incliné, s'aperçut que la reine avait des souliers verts : « Les désirs de Votre Majesté sont des ordres, dit-il aussitôt, l'univers est à ses pieds. »

GINGUENÉ

Ginguené m'avait été présenté par Lebrun, le poète, comme son ami intime, en sorte qu'il venait quelquefois à mes soirées, quoiqu'il ne me plût sous aucun rapport. Je lui trouvais un esprit sec, sans charme et sans gaieté ; il n'était pas en harmonie avec ma société, et ses œuvres m'étaient tout aussi antipathiques que sa conversation.

En 1789, il nous lut une ode qu'il venait de faire pour M. Necker. Cette ode pouvait passer pour le programme de 1793, il y parlait de victimes et soutenait qu'on ne pouvait régénérer la France sans répandre du sang. Des opinions aussi atroces me faisaient frissonner. Le comte de Vaudreuil, qui était présent, ne dit rien, mais nous nous regardâmes, et je vis bien qu'ainsi que moi, il devinait l'homme.

Ginguené ne quittait guère son ami Lebrun-Pindare. Sitôt après la mort de celui-ci, il alla trouver Mme Lebrun, qui par parenthèse avait été cuisinière, et lui demanda les manuscrits de Lebrun, dont il désirait se faire éditeur. Mme Lebrun les lui remit tous. En les feuilletant pour les mettre en ordre, Ginguené fut un peu saisi de trouver plus de cent épigrammes faites contre lui-même ; quelques-unes étaient atroces. On conçoit que l'éditeur les mit toutes de côté ; mais je l'ai toujours soupçonné de s'être vengé en faisant imprimer trop de choses faibles et inutiles dans les œuvres de Lebrun, ce qui nuit beaucoup à un recueil qui pouvait être excellent.

Tout le monde sait que, la Révolution venue, Ginguené s'y jeta à corps perdu, et qu'il témoignait hautement son regret de n'avoir pas été à même de pouvoir voter la mort de Louis XVI.

VIGÉE

Mon frère était un de ces hommes faits pour se voir très recherchés dans la société. Il avait un excellent ton, ayant fréquenté fort jeune la bonne compagnie, de l'esprit, de l'instruction ; il faisait de très jolis vers avec une extrême facilité et jouait la comédie mieux que beaucoup d'acteurs. Il contribuait infiniment au charme et à la gaieté de toutes nos réunions, peut-être même l'empressement que mettait le monde à le rechercher a-t-il nui à sa carrière littéraire, car nous lui prenions beaucoup de temps. Il lui en resta assez néanmoins pour se distinguer comme homme de lettres. Outre le cours de littérature qu'il fit à l'Athénée avec un grand succès, quoiqu'il succédât au cours que venait d'y faire La Harpe, Vigée a laissé un volume de poésies légères et plusieurs comédies écrites en vers, dont deux, *les Aveux difficiles* et *l'Entrevue*, sont restées fort longtemps au répertoire du Théâtre Français. Je suis même surprise qu'on ne les donne plus, surtout *l'Entrevue*, charmante petite pièce, que Mlle Contat et Molé jouaient admirablement.

Mon frère, jeune encore, épousa la fille aînée de M. de Rivière, chargé d'affaires de Saxe ; c'était une femme charmante, pleine de vertus et de talents, si excellente musicienne et douée d'une si belle voix qu'elle a chanté chez moi avec Mme Todi, sans que la comparaison lui fût défavorable.

Mon frère et Mme de Rivière n'ont laissé de leur mariage qu'un seul enfant, ma nièce, ma bien-aimée nièce, celle qui m'a rendu une fille, depuis, hélas ! que j'ai perdu la mienne.

ETIENNE VIGÉE

Dessin de Rivière, gravure de Duplessi-Bertaux

LE MARQUIS DE RIVIÈRE

Jamais je ne pense à ce brave sans songer aux anciens preux ; tout en lui était chevaleresque ; il a cent fois affronté la mort et la mort la plus horrible, avec un courage, un sangfroid, une persévérance inimaginables, pour servir le prince auquel il avait consacré sa vie ; et ce dévouement si complet, si constant, ne prenait sa source dans aucune ambition, mais dans l'amitié la plus vive, dans une amitié bien rare même entre particuliers. Cette affection du marquis de Rivière pour M. le comte d'Artois dominait en lui tout autre sentiment ; elle a pu le conduire à l'exil, à la pauvreté, dans les cachots, sans qu'il crût lui faire trop de sacrifices. « Je n'ai plus rien, me disait-il un jour à Londres ; mais, ajouta-t-il en mettant la main sur son cœur où était toujours placé le portrait de son prince chéri, la dernière goutte du sang qui coule là est pour lui. Peut-être le sort m'a-t-il preservé si souvent parce que je dois lui être utile. Je serais bien heureux alors d'avoir échappé tant de fois à la mort. »

C'est par suite d'un désir si louable qu'on a toujours vu M. de Rivière se charger des missions les plus importantes et souvent les plus dangereuses. Le repos lui était devenu étranger, ne lui semblait plus nécessaire ; il partait pour Vienne, pour Berlin, pour Pétersbourg, etc., portant aux rois qui restaient encore sur leurs trônes les demandes d'un roi tombé du sien. Il courait jour et nuit sans s'arrêter, quelquefois sans prendre de nourriture, et remplissait sa mission avec tant de noblesse et d'habileté qu'il emportait l'estime et la considération de tous les souverains et de tous les diplomates de l'Europe. Ces voyages répétés d'une manière vraiment fabuleuse n'avaient rien de dangereux, à part l'extrême fatigue qu'ils lui causaient ; mais combien de fois ne s'est-il pas introduit en France, sur cette terre qu'il ne pouvait toucher qu'au risque de sa tête ! Dans les nombreuses courses qu'il faisait à Paris pendant le temps de la Terreur, combien de fois son zèle, son activité lui ont-ils fait affronter la mort ? Dieu semblait le protéger. Un jour, sur le point de débarquer en Bretagne, il trouve la côte garnie de soldats ; à l'instant, il saute du canot dans la mer, plonge et reste sous l'eau jusqu'au moment où, la côte devenue libre, il lui est possible de gagner la terre. Il entrait à Paris et il en sortait, tantôt déguisé en marchand d'allumettes, tantôt sous tout autre déguisement du même genre. Il s'y tenait caché le jour chez un brave homme qui l'avait servi autrefois et lui était entièrement dévoué ; il ne pouvait agir que la nuit en s'exposant encore aux plus grands périls ; fallait-il repartir, il ne parvenait souvent à se soustraire aux poursuites qu'il excitait qu'en sautant des ravins profonds, en traversant rapidement des rivières à la nage, souffrant la faim, la soif, ne pouvant prendre aucun repos. C'est ainsi qu'il parvint toujours à s'échapper jusqu'à la triste affaire de Georges Cadoudal.

Je me souviens que, peu de temps avant cette fatale entreprise, je me trouvais à Londres avec lui dans une maison où se trouvait aussi Pichegru. M. de Rivière, qui prétendait que j'étais excellente physionomiste, s'approcha de moi, et me montrant le général français : « Observez cet homme, me dit-il, croyez-vous qu'on puisse s'y fier, qu'il ne trahira pas ? » On pense bien que j'ignorais complètement de quelle affaire il s'agissait ; mais je regardai Pichegru, et je répondis sans hésiter : « On peut s'y fier ; la franchise me paraît siéger sur ce front-là. » Pichegru ne trahit point en effet ; on sait trop qu'il est mort la première victime de cette malheureuse tentative. Le sort de M. de Rivière ne fut pas aussi affreux, quoique sa prison ait été bien longue et bien cruelle ; car il m'a raconté, à mon retour en France, que le premier cachot où il fut mis était plein d'une eau stagnante qui lui venait jusqu'à la cheville. Si l'on joint à cette situation l'idée que cette prison ne s'ouvrirait peut-être jamais pour lui, et la douleur de vivre loin de son prince bien-aimé, loin de tous ses amis, on juge de ce qu'il a dû souffrir. C'est à cette époque de malheur que M. de Rivière devint dévot, et qu'il puisa dans la religion la force qui lui était nécessaire pour supporter tant de peines et tant de privations.

Après être resté plusieurs années en prison, il en sortit enfin sur sa parole d'honneur de ne point quitter la France ; car Bonaparte lui-même savait ce qu'était la parole d'honneur de M. de Rivière, qui la respecta scrupuleusement en effet, jusqu'au jour où il eut l'ineffable joie de voir revenir les Bourbons.

On sait que le roi le fit duc, qu'il fut envoyé à Constantinople comme ambassadeur dans des circonstances difficiles, et qu'enfin Charles X l'avait choisi pour gouverneur du duc de Bordeaux, quand une mort prématurée vint l'enlever à son jeune élève, à son prince chéri, et l'on peut dire à la France.

Ayant appris à quel point Charles X ressentait douloureusement la perte d'un tel ami, comme j'avais déjà fait de souvenir le portrait de plusieurs personnes, j'essayai de faire ainsi celui de M. de Rivière ; j'eus le bonheur de réussir. Je portai aussitôt le portrait au roi, qui le reçut avec une extrême sensibilité, et qui s'écria les larmes aux yeux : « Ah ! Madame Le Brun, combien je vous suis obligé de votre heureuse et touchante idée ! » J'étais plus que payée par ces paroles ; mais je n'en reçus pas moins le lendemain, de Sa Majesté, un superbe nécessaire en vermeil, que je garderai toute ma vie.

Le duc de Rivière était d'une taille moyenne, ni beau ni laid ; on ne pouvait remarquer dans sa figure qu'une extrême finesse de regard, qui, jointe à une expression de franchise et de bonté, annonçait tout le caractère de l'homme. Tel que je le dépeins, cependant, M. de Rivière a toujours fait les conquêtes les plus brillantes. Il ne les devait point à ses avantages extérieurs, mais bien aux qualités de son âme, auxquelles il devait aussi tant d'amis, qui lui sont restés attachés jusqu'à sa mort et ne perdront jamais son souvenir. Parmi plusieurs beautés distinguées qui ont eu de l'amour pour lui, la dernière surtout était bien certainement la plus jolie femme de la Cour ; elle l'a aimé tant qu'elle a vécu, et M. de Rivière lui conserva un souvenir touchant. Il portait habituellement sur son cœur, à côté du portrait de M. le comte d'Artois, un portrait d'elle qu'il me montra à Londres. Il ne commettait en cela aucune indiscrétion, sa liaison avec cette charmante personne ayant été connue de tout le monde. De retour en France, il se maria avec une femme qui l'adorait et dont il a fait constamment le bonheur. Il en a eu plusieurs enfants.

M. de Rivière, outre son noble et beau caractère, avait beaucoup d'esprit. On pourrait imprimer plusieurs de ses lettres comme modèle de style, et dans la conversation le mot d'à-propos ne lui manquait jamais. Un jour, par exemple, déjeunant à Pétersbourg chez Suvarow, qui avait pour lui de l'estime et de l'affection, ce général dit aux officiers russes, en le désignant : « Allons, messieurs, buvons au plus brave ! — A votre santé, monsieur le maréchal », répondit aussitôt M. de Rivière.

Sous le titre de *Mémoires*, M. le chevalier de Chazet a écrit la vie du duc de Rivière. Tous les documents nécessaires lui avaient été fournis pour qu'on ne pût contester la véracité de cet ouvrage, qui se lit avec un vif intérêt qui fait honneur au cœur comme au talent littéraire de l'auteur.

M. DE BUFFON

Je suis allée, en 1785, avec mon frère et M. le comte de Vaudreuil, dîner chez cet homme si célèbre comme savant et comme écrivain. Buffon était déjà fort vieux, puisqu'il est mort trois ans après, âgé de quatre-vingt-un ans. Je fus d'abord frappée de la sévérité de sa physionomie ; mais, dès qu'il se fut mis à causer avec nous, nous crûmes voir s'opérer une métamorphose ; car son visage s'anima au point qu'on pouvait dire de lui avec toute vérité que le génie étincelait dans ses yeux. Nous le quittâmes pour aller à table ; lui resta dans son salon, ne mangeant plus alors que des légumes. Son fils et sa jolie belle-fille firent les honneurs du dîner, après lequel nous retournâmes au salon pour y prendre le café. Une conversation s'étant établie, M. de Buffon en fit presque tous les frais et parut se plaire à la prolonger ; il nous récita de mémoire plusieurs fragments de ses ouvrages, qui nous charmèrent doublement par la chaleur et l'expression qu'y prêtait l'accent du génie. Nous le quittâmes assez tard, avec un grand regret, et j'étais tellement enthousiasmée de lui que j'enviais beaucoup le sort de son fils et de sa belle-fille qui pouvaient tous les jours le voir et l'entendre.

M. LE PELLETIER DE MORFONTAINE

M. Le Pelletier de Morfontaine, qui a été longtemps prévôt des marchands sous Louis XVI, avait de l'esprit, de l'instruction, de la bonhomie, un ton parfait, et pourtant je n'ai connu personne plus chargé que lui de ridicule.

Il était assez grand, très maigre. A cinquante-cinq ans au moins qu'il avait quand je l'ai connu, son visage était pâle et fané; il mettait, pour s'animer le teint, une forte couche de rouge sur ses joues et jusque sur son nez. La chose était évidente, au point qu'il en convenait en nous disant qu'il ferait peur s'il ne portait point de rouge. Cette figure déjà assez comique était entourée d'une coiffure tellement étrange, qu'en la voyant pour la première fois, j'éclatai de rire. C'était une immense perruque fiscale dont le toupet s'élevait en pointe comme un pain de sucre accompagné de longues boucles qui tombaient sur les épaules, le tout poudré à blanc. Ce n'est pas tout; M. Le Pelletier avait de fatales infirmités qu'il ne devait pas à son âge avancé, mais à une malheureuse nature : il était obligé de tenir sans cesse dans sa bouche des pastilles odorantes et de se garder de parler aux gens de près. Il prenait plusieurs bains de pieds dans le jour, il en prenait même la nuit et portait constamment deux paires de souliers à doubles semelles. Tant de précautions n'empêchaient point qu'il ne fût impossible de tenir près de lui dans une voiture fermée; j'en ai fait une fois la triste expérience, ainsi que ma belle-sœur en revenant de Morfontaine. Eh bien ! tel que le voilà, M. Le Pelletier avait les plus grandes prétentions auprès des femmes et se croyait l'homme du monde le plus dangereux pour elles. Il parlait sans cesse de ses amours, de ses succès, de ses conquêtes, ce qui prêtait beaucoup à rire.

Le chevalier de Coigny m'a raconté qu'étant allé, un matin, voir M. Le Pelletier, il le trouva étendu sur une chaise longue, près d'une table couverte de fioles, de médicaments, de sachets, etc., et si pâle, car il n'avait pas encore mis son rouge, qu'en entrant dans sa chambre, M. de Coigny le crut mourant. « Ah! mon cher chevalier, dit-il aussitôt, que je suis ravi de vous voir! Vous allez me donner vos bons avis sur une chose qui m'occupe beaucoup. Il faut que vous sachiez que je viens de rompre toutes mes liaisons; je suis libre, absolument libre, et vous qui connaissez les plus jolies femmes de la Cour, vous allez me dire à laquelle vous me conseillez d'adresser mes soins. » Le chevalier de Coigny était peut-être de notre société celui qui s'amusait le plus des ridicules de M. Le Pelletier; on juge s'il saisit l'occasion. Il se mit à passer en revue avec lui les femmes les plus remarquables par leur beauté; mais à toutes M. Le Pelletier trouvait quelque défaut qui le repoussait. Cette scène dura longtemps : « Ma foi, mon cher, dit enfin le chevalier en éclatant de rire, puisque vous êtes si difficile, je vous conseille d'imiter le beau Narcisse et de devenir amoureux de vous-même. »

C'est sous la prévôté de M. Le Pelletier de Morfontaine que le pont de la place Louis XV fut bâti, et, à cette occasion, le roi lui donna le cordon bleu, que l'on pouvait obtenir par charge, lorsqu'on ne faisait point partie de la haute noblesse. Ce cordon bleu lui tourna tellement la tête qu'il le portait toujours; je serais tentée de croire qu'il le mettait dès le matin sur sa robe de chambre. Un jour je l'aperçus grimpant sur les rochers qui bordent le lac de Morfontaine, et costumé selon son ordinaire comme s'il allait partir pour Versailles. Je lui criai d'en bas, où je me promenais, plongée dans mes rêveries champêtres, que son cordon bleu était tout à fait ridicule au milieu de cette belle nature. Il ne m'en voulut pas un instant de lui avoir ainsi fait sentir son travers; car après tout il faut dire que ce pauvre M. Le Pelletier était le meilleur homme du monde.

VOLTAIRE

J'étais à la Comédie-Française le jour que Voltaire vint y voir représenter sa tragédie d'*Irène*. De ma vie je n'ai assisté à un pareil triomphe. Quand le grand homme entra dans sa loge, les cris, les applaudissements furent tels, que je crus que la salle allait s'effondrer. Il en fut de même au moment où on lui plaça la couronne sur la tête, et le célèbre vieillard était si maigre, si chétif, que d'aussi vives émotions me faisaient trembler pour lui. Quant à la pièce, on n'en écouta pas un mot, et cependant Voltaire put quitter la salle, persuadé qu'*Irène* était son meilleur ouvrage.

J'avais une extrême envie d'aller le voir à l'hôtel de M. de Villette chez qui il logeait; mais ayant entendu dire que, tout flatté qu'il était des visites sans nombre qui lui étaient faites, il en éprouvait une grande fatigue, je renonçai à mon projet. Je puis donc dire n'avoir été chez lui qu'en peinture, et voici comment. Hall, le plus habile peintre en miniature de cette époque, venait de finir mon portrait. Ce portrait était extrêmement ressemblant, et Hall étant allé voir Voltaire le lui montra. Le célèbre vieillard, après l'avoir regardé longtemps, le baisa à plusieurs reprises. J'avoue que je fus très flattée d'avoir reçu une pareille faveur, et que je sus fort bon gré à Hall d'être venu me l'affirmer.

LE PRINCE HENRI DE PRUSSE

Lorsque la comtesse de Sabran me présenta chez elle au frère du grand Frédéric, je voyais ce prince pour la première fois, et je ne saurais dire combien je le trouvai laid. Il pouvait avoir à peu près cinquante-cinq ans à cette époque, le roi de Prusse étant de beaucoup son aîné. Il était petit, mince, et sa taille, quoiqu'il se tînt fort droit, n'avait aucune noblesse. Il avait conservé un accent allemand très marqué et grasseyait excessivement. Quant à la laideur de son visage, elle était au premier abord tout à fait repoussante. Cependant, avec deux gros yeux, dont l'un regardait à droite et l'autre à gauche, son regard n'en avait pas moins je ne sais quelle douceur, qu'on remarquait aussi dans le son de sa voix, et, lorsqu'on l'écoutait, ses paroles étant toujours d'une obligeance extrême, on s'accoutumait à le voir.

Sa valeur guerrière est assez connue pour qu'il soit inutile d'en parler; on sait qu'il aimait la gloire en digne frère de Frédéric; mais ce qu'il faut dire, c'est qu'il était aussi sensible à un trait d'humanité qu'à un trait d'héroïsme; il était bon et faisait un très grand cas de la bonté des autres.

Il avait pour les arts, et surtout pour la musique, une véritable passion, au point qu'il voyageait avec son premier violon

afin de pouvoir cultiver son talent en route.

Ce talent était assez médiocre, mais le prince Henri ne laissait échapper aucune occasion de l'exercer. Pendant tout le séjour qu'il a fait à Paris, il venait constamment à mes soirées musicales, ne redoutait point la présence des premiers virtuoses, et je ne l'ai jamais vu refuser de faire sa partie dans un quatuor à côté de Viotti, qui jouait le premier violon.

LE COMTE D'ALBARET

Un autre amateur forcené de musique qui vivait à Paris à la même époque était le comte d'Albaret. Non seulement il s'empressait d'aller à tous les concerts, mais, quoique sa fortune ne fût pas très considérable, il avait une musique à lui, comme en ont les souverains. Il logeait et nourrissait dans sa maison huit ou dix musiciens, auxquels il payait des appointements, leur permettant en outre de prendre des écoliers dehors aux heures qu'il leur laissait libres.

Ces artistes, comme on doit l'imaginer, étaient tous du second ordre. La chanteuse, par exemple, qui ne chantait que des airs italiens, avait une assez belle voix, mais ne pouvait passer pour une prima donna, et je me souviens qu'il m'avait donné pour maître de chant un homme dont le savoir était médiocre. Il en était de même de ses instrumentistes, pris isolément, sans en excepter son premier violon ; et cependant, tous ces gens-là avaient une telle habitude de marcher ensemble, et faisaient un si grand nombre de répétitions, qu'on n'entendait nulle part de la musique aussi bien exécutée que chez le comte d'Albaret. Aussi tous les amateurs se rendaient-ils avec empressement à ses concerts. Ils avaient lieu le dimanche matin. J'y suis allée plusieurs fois, et j'en suis toujours sortie charmée.

LE COMTE D'ESPINCHAL

Voici un homme dont les affaires, les plaisirs, en un mot toute l'existence, se bornaient à savoir, jour par jour, tout ce qui se passait dans Paris. Le comte d'Espinchal était toujours instruit le premier d'un mariage, d'une intrigue amoureuse, d'une mort, de la réception ou du refus d'une pièce de théâtre, etc. ; au point que, si l'on avait besoin d'un renseignement quelconque sur qui ou sur quoi que ce fût au monde, on se disait aussitôt : il faut le demander à d'Espinchal. On imagine bien que, pour être aussi parfaitement au fait, il fallait qu'il connût une prodigieuse quantité de gens; aussi ne pouvait-il marcher dans la rue sans saluer quelqu'un à chaque pas, et cela depuis le grand seigneur jusqu'au garçon de théâtre, depuis la duchesse jusqu'à la grisette et la fille entretenue.

En outre, le comte d'Espinchal allait partout. On était certain, ne fût-ce que pour un moment, de le voir dans les promenades, aux courses de chevaux, au salon, et, le soir, à deux ou trois spectacles. Je n'ai vraiment jamais su quel temps il prenait pour se reposer et même pour dormir, car il passait presque toutes ses nuits dans les bals.

A l'Opéra ainsi qu'à la Comédie-Française, il savait au juste à qui appartenaient toutes les loges, dont la plupart, il est vrai, étaient louées à l'année à cette époque. On le voyait se les faire ouvrir l'une après l'autre pour rester cinq minutes dans chacune; car trop d'affaires l'appelaient de tous côtés pour qu'il fît des visites longues. Il n'y mettait que le temps d'apprendre quelques nouvelles de plus.

Heureusement le comte d'Espinchal n'était point méchant, autrement il aurait pu brouiller bien des ménages, causer bien des ruptures de liaisons d'amour ou d'amitié, enfin nuire à beaucoup de gens. Il n'était pas même très bavard et savait se taire avec les personnes intéressées dans les mystères sans nombre qu'il parvenait à découvrir. Il suffisait à sa satisfaction personnelle d'être parfaitement au courant de tout ce qui se passait à Paris et à Versailles; mais, pour parvenir à ce but, il ne négligeait aucun soin, et bien certainement il était plus au fait de mille choses que ne l'était le lieutenant de police.

Une pareille manie est si bizarre qu'afin de faire croire à sa réalité je vais raconter un trait qui, dans le temps, a été connu de tout Paris. Un jour, ou plutôt une nuit, le comte d'Espinchal se trouvait au bal de l'Opéra. Ce bal n'était point alors ce qu'il est devenu maintenant; la bonne compagnie le fréquentait, et les plus honnêtes femmes de la Cour et de la ville ne se refusaient pas le plaisir d'y aller, masquées jusqu'aux dents, comme on disait; mais pour M. d'Espinchal il n'existait point de masque; du premier coup d'œil il reconnaissait son monde : aussi tous les dominos le fuyaient-ils comme la peste. Il se promenait dans la salle quand il remarqua un homme *qu'il ne connaissait pas*, et qui courait de côté et d'autre, pâle, effaré, s'approchant de toutes les femmes en dominos bleus, puis s'éloignant aussitôt d'un air désespéré. Le comte n'hésite pas à l'aborder et lui dit avec intérêt : « Vous me paraissez en peine, monsieur. Si je pouvais vous être bon à quelque chose, j'en serais charmé. — Ah ! monsieur, répond l'inconnu, je suis le plus malheureux des hommes. Imaginez que ce matin je suis arrivé d'Orléans avec ma femme, qui m'a tourmenté pour la mener au bal de l'Opéra. Dans cette foule, je viens de la perdre, et la pauvre petite ne sait pas le nom de l'hôtel, pas même le nom de la rue où nous sommes descendus. — Calmez-vous, calmez-vous, dit le comte d'Espinchal, je vais vous conduire près d'elle. Madame votre femme est assise dans le foyer à la seconde fenêtre. » C'était la dame en effet. Le mari, transporté de joie, se confond en remerciements : « Mais comment se fait-il, monsieur, que vous ayez deviné?... — Rien n'est plus simple, répond le comte d'Espinchal : madame étant la seule femme du bal que je ne connaisse pas, j'avais déjà bien pensé qu'elle devait être arrivée de province très nouvellement. »

Quand je suis revenue à Paris, sous le Consulat, j'ai revu le comte d'Espinchal : « Eh bien! lui dis-je, vous devez être furieusement désorienté; vous ne connaissez plus personne dans les loges de l'Opéra et de la Comédie. » Pour toute réponse, il leva les yeux au ciel. Il est mort peu de temps après, d'ennui sans doute; car il n'était pas extrêmement vieux. On assure qu'avant de mourir, il brûla une énorme quantité de notes qu'il avait l'habitude d'écrire chaque soir. J'avais en effet entendu parler de ces notes par plusieurs personnes que peut-être elles effrayaient. Il est certain qu'elles

auraient pu fournir la matière d'un ouvrage très piquant, mais bien certainement aussi très scandaleux.

LA COMTESSE DE FLAHAUT

Parmi les femmes les plus distinguées que j'ai connues avant la Révolution, je ne dois pas oublier l'auteur d'*Adèle de Sénange*, d'*Eugène de Rothelin*, et de plusieurs autres ouvrages charmants, que tout le monde a lu pour le moins une fois. Mme de Flahaut, aujourd'hui Mme de Souza, n'écrivait point encore quand j'ai fait connaissance avec elle. Son fils, qui est maintenant pair de France, était alors un enfant de trois ou quatre ans. Elle-même était fort jeune. Elle avait une jolie taille, un visage charmant, les yeux les plus spirituels du monde, et tant d'amabilité qu'un de mes plaisirs était d'aller passer la soirée chez elle, ou le plus souvent je la trouvais seule.

A mon retour en France, j'avais un grand désir de revoir Mme de Flahaut. Une multitude d'affaires, d'occupations diverses m'en ont empechée pendant si longtemps qu'ensuite je n'ai plus osé me présenter chez elle. Si le hasard fait qu'elle lise ces lignes, elle saura du moins que je suis bien loin de l'avoir oubliée.

MADEMOISELLE QUINAULT

Mme de Verdun, une de mes meilleures amies, me fit faire connaissance avec Mlle Quinault, qui, après avoir été célèbre comme grande actrice dans la tragédie et dans la comédie, l'était encore comme une des femmes les plus spirituelles et les plus instruites de son temps ; elle avait quitté le théâtre en 1741. Amie intime de M. d'Argenson et de D'Alembert, son salon était devenu le rendez-vous de tout ce que Paris avait de distingué en gens de lettres et en gens du monde, et l'on recherchait avec empressement le plaisir de passer quelques moments avec elle.

A l'époque où je l'ai connue, Mlle Quinault, malgré son grand âge, conservait tant d'esprit et tant de gaieté qu'en l'écoutant on la voyait jeune. Sa mémoire était prodigieuse, et certes elle avait eu le temps de l'orner ; car elle avait alors quatre-vingt-cinq ans. Entre mille anecdotes que lui fournissaient sans cesse ses souvenirs, elle nous raconta qu'étant allée un jour voir Voltaire, avec qui elle était fort liée, elle trouva le grand homme au lit. Il lui parla d'une tragédie de lui pour laquelle il désirait que Lekain mît une écharpe, mais une écharpe placée de certaine façon ; et dans la chaleur de la description, voilà Voltaire qui jette ses couvertures, relève sa chemise pour en former une écharpe, laisse totalement à découvert son corps décrépit aux yeux de Mlle Quinault, fort embarrassée de sa personne.

Mlle Quinault n'est morte qu'en 1783, plus que nonagénaire. Mme de Verdun, qui était allée chez elle un matin, fut surprise de la trouver parée, couverte de rubans couleur de rose, mais dans son lit. « Comment, dit Mme de Verdun, je ne vous ai jamais vue si coquette ? — Je me suis parée ainsi, répondit Mlle Quinault, parce que je sens que je dois mourir aujourd'hui. » Le soir même, en effet, elle avait cessé de vivre.

LE COMTE DE RIVAROL

Mon frère me présenta un matin le comte de Rivarol, que son esprit faisait extrêmement rechercher dans les plus brillantes sociétés de Paris, même avant qu'il eût rien écrit. Comme je ne l'attendais point, j'étais dans mon atelier, et je mettais ce que nous appelons l'harmonie à plusieurs tableaux que je venais de terminer. On sait que ce dernier travail ne permet aucune distraction, en sorte qu'en dépit du désir que j'avais toujours eu d'entendre causer M. de Rivarol, je jouis fort peu du charme de sa conversation, tant j'étais préoccupée ; il parlait en outre avec une telle volubilité que j'en étais comme étourdie. Je remarquai cependant qu'il avait une belle figure et une taille extrêmement élégante ; il n'en dut pas moins me trouver si maussade que je ne l'ai plus revu chez moi. Il se peut à la vérité qu'un autre motif l'ait empêché d'y revenir. Il passait sa vie avec le marquis de Champcenetz, qui s'est toujours montré fort méchant pour moi. Le marquis de Champcenetz, sans avoir ni tout le talent ni la force de tête de l'auteur du *Discours sur l'universalité de la langue française*, avait beaucoup d'esprit et l'employait habituellement à déchirer le prochain. Il avait, comme M. de Bièvre, le goût des calembours, et il en faisait sans cesse, en sorte que Rivarol l'appelait l'épigramme de la langue française.

C'est le marquis de Champcenetz qui, condamné à mort par le tribunal révolutionnaire, demanda gaiement à ses juges s'il lui était permis de chercher un remplaçant comme pour la garde nationale.

PAUL JONES

J'ai souvent soupé chez Mme Thilorié, sœur de Mme de Bonneuil, avec ce célèbre marin, qui a rendu tant de services à la cause américaine et fait tant de mal aux Anglais.

Sa réputation l'avait précédé à Paris, où l'on savait dans combien de combats, avec sa petite escadre, il avait triomphé des forces dix fois supérieures de l'Angleterre. Néanmoins, je n'ai jamais rencontré d'homme aussi modeste ; il était impossible de le faire jamais parler de ses hauts faits ; mais, sur tout autre sujet, il causait volontiers avec infiniment d'esprit et de naturel.

Paul Jones était Ecossais de naissance. Je crois qu'il aurait beaucoup désiré devenir amiral dans la marine française ; j'ai même entendu dire que, lorsqu'il revint à Paris une seconde fois, il en fit la demande à Louis XVI, qui le refusa.

Quoi qu'il en soit, il alla d'abord en Russie, où le comte de Ségur le présenta à l'impératrice Catherine II, qui l'accueillit avec la plus grande distinction et le fit dîner avec elle. Il quitta Pétersbourg pour aller joindre Suvarow et le prince de Nassau, avec lesquels il se distingua de nouveau dans la guerre contre les Turcs. De retour à Paris, il y est mort pendant la Révolution, mais avant la Terreur.

MESMER

Comme j'entendais parler sans cesse de ce fameux charlatan, j'eus la curiosité

L'INTÉRIEUR D'UN AMATEUR AU XVIIIe SIÈCLE

Dessin inédit de Dugourc (Musée du Louvre)

d'assister une fois à ce qu'il appelait ses séances, afin de juger par moi-même cette jonglerie. En entrant dans la première salle où se tenaient les partisans du magnétisme animal, je trouvai beaucoup de monde rangé autour d'un grand baquet bien goudronné : hommes et femmes, pour la plupart, se tenaient par la main, formant la chaîne. Mon désir fut d'abord de faire partie de ce cercle ; mais je crus m'apercevoir que l'homme qui allait devenir mon voisin avait la gale ; on sent si je me hâtai de retirer ma main et de passer dans une autre pièce. Pendant le trajet, plusieurs

affidés de Mesmer dirigeaient vers moi de toutes parts de petites baguettes de fer dont ils étaient munis, ce qui m'impatienta prodigieusement. Après avoir visité les différentes salles, qui toutes étaient remplies comme la première de malades et de curieux, j'allais m'en aller, lorsque je vis sortir d'une chambre voisine une jeune et grande demoiselle, assez jolie, que Mesmer tenait par la main. Elle était tout échevelée, et jouait le délire, ayant grand soin pourtant de tenir ses yeux fermés. Tout le monde aussitôt entoura les deux personnages. « Elle est inspirée, dit Mesmer, et elle devine tout, quoique parfaitement endormie. » Alors, il la fit asseoir, s'assit devant elle et, lui prenant les deux mains, il lui demanda quelle heure il était. Je remarquai fort bien que le patron tenait ses pieds posés sur les pieds de la prétendue sibylle, ce qui rendait facile d'indiquer l'heure et même les minutes; aussi la demoiselle répondit-elle avec tant d'exactitude, qu'elle se trouva d'accord avec toutes les montres des assistants.

J'avoue que je sortis indignée qu'une pareille charlatanerie pût réussir chez nous. Ce Mesmer a gagné des monceaux d'or ; outre ses séances, qui, toujours fort suivies, lui ont rapporté immensément, ses nombreuses dupes firent en sa faveur une souscription qui s'éleva, m'a-t-on dit, à près de cinq cent mille francs. Mesmer, cependant, fut bientôt contraint d'aller jouir dans quelque lieu ignoré de la fortune qu'il venait d'amasser à Paris ; le bruit s'étant généralement répandu qu'il se passait à ses séances beaucoup de choses indécentes, les doctrines de ce jongleur furent soumises à l'examen de l'Académie des sciences et de la Société royale de médecine, et le jugement de ces deux corps savants sur le magnétisme animal fut tel qu'il obligea Mesmer à quitter la France.

Aujourd'hui que les baquets et les petites baguettes de fer ont disparu, nous voyons encore des personnes persuadées que telle ou telle femme, qui souvent ne sait pas lire, endormie par un magnétiseur, non seulement peut vous dire l'heure qu'il est, mais encore deviner votre maladie et vous indiquer le meilleur traitement à suivre. Grand bien fassent ces sibylles somnambules à ceux qui les consultent ! Pour mon compte, si j'étais malade, j'aimerais mieux appeler un habile médecin éveillé.

MM. CHARLES ET ROBERT

J'ai vu monter en ballon les deux premiers hommes qui ont eu le courage de s'élever dans l'air avec une si frêle machine, dont l'invention venait d'être faite très récemment par Montgolfier. Ces deux hommes étaient Charles et Robert. Ils avaient posé leur ballon sur le grand bassin des Tuileries, et, le jour fixé pour l'ascension 1er décembre 1785, une foule telle que je n'en ai jamais vu de pareille remplissait le jardin. Quand on eut coupé les cordes et que le ballon s'éleva majestueusement à une si grande hauteur que nous le perdîmes de vue, l'admiration, la peur pour les deux braves que portait la petite nacelle firent pousser un cri général. Beaucoup de personnes, et j'avoue que j'étais du nombre, avaient les larmes aux yeux. Heureusement on apprit, peu d'heures après, que Charles et Robert étaient descendus sans aucun accident à quelques lieues de Paris, dans un village, où l'arrivée de ces êtres aériens a dû faire une bien vive sensation.

M. Charles était membre de l'Académie des sciences et l'un de nos savants les plus distingués. C'était de plus un excellent homme, aimant la musique avec passion. Il faisait chaque année dans son magnifique cabinet de physique des cours extrêmement suivis, non seulement par les personnes occupées de sciences, mais aussi par les gens du monde.

TABLE DES CHAPITRES

MÉMOIRES & SOUVENIRS

Collection Historique Illustrée

PUBLIÉE SOUS LA DIRECTION DE

M. FRANTZ FUNCK-BRENTANO, *chef de la section des manuscrits à la Bibliothèque de l'Arsenal.*

(Illustrations tirées des Musées et des Bibliothèques de France et de l'Etranger et des collections de MM. **Victorien Sardou, le marquis de Ségur, Henry Houssaye, le baron Ed. de Rothschild, Chéramy, Georges Hartmann, Lécuyer.**)

VIENT DE PARAITRE :

LE RÈGNE DE ROBESPIERRE
par Maria-Hélène WILLIAMS
traduit pour la première fois de l'anglais par F. FUNCK-BRENTANO

SOUVENIRS ET ANECDOTES SUR LE RÈGNE DE LOUIS XVI
par le comte Louis-Philippe de Ségur
avec une préface de M. le marquis de Ségur, de l'Académie française

Pour paraître le 5 Février

JOURNAL du Capitaine GASPARD SCHUMACHER (1798-1830).
publié pour la première fois et traduit de l'allemand par Pierre d'Hugues.

PREMIERS VOLUMES A PARAITRE :

SOUVENIRS DE Mme de CAYLUS
par M. le comte d'Haussonville, *de l'Académie française.*

LE VILLAGE
par Retif de la Bretonne
publié avec une introduction par M. Funck-Brentano.

BAYART, le CHEVALIER SANS PEUR et SANS REPROCHE
par le Loyal Serviteur, *publié avec une introduction par M. Maurice Maindron.*

LES NUITS RÉVOLUTIONNAIRES
de Retif de la Bretonne
publié avec une introduction par M. Funck-Brentano.

LA RÉVOLUTION DE JUILLET
Mémoires de Mazas, chronique de Rozet
publiés avec une introduction par M. Raymond Lécuyer.

LE MÉMORIAL DE SAINTE-HÉLÈNE
publié avec une introduction par M. Henry Houssaye, de l'Académie française.

1830. — MÉMOIRES DE LA DUCHESSE d'ABRANTÈS
publiés avec une introduction par M. Louis Loriot, de la Bibliothèque de l'Arsenal.

MÉMOIRES DE M. de BOURRIENNE
Secrétaire intime du Premier Consul (1796-1802)
par M. Emile Sedeyn.

Soc. anon. des Imp. WELLHOFF et ROCHE, 16-18, r. Notre-Dame-des-Victoires, Paris. — ANCEAU, direct.

Société Anon. des
Imp WELLHOFF et
ROCHE, 16-18, rue
N.-D.-des-Victoires,
Paris. Tél. 316-33.
ANCEAU, Directeur.

www.ingramcontent.com/pod-product-compliance
Ingram Content Group UK Ltd.
Pitfield, Milton Keynes, MK11 3LW, UK
UKHW031907260826
14628UKWH00003B/1032

9 782329 566139